北京书店印象

严彬 主编

中央编译出版社
CCTP　Central Compilation & Translation Press

图书在版编目 (CIP) 数据

北京书店印象 / 严彬主编；解玺璋等著 . —北京：中央编译出版社，2016.1
ISBN 978-7-5117-2879-1

I. ①北… Ⅱ. ①严… ②解… Ⅲ. ①随笔－作品集－中国－当代
Ⅳ. ① I267.1

中国版本图书馆 CIP 数据核字 (2015) 第 292796 号

北京书店印象

出 版 人：刘明清
出版统筹：董　巍
责任编辑：岑　红
责任印制：尹　珺
出版发行：中央编译出版社
地　　址：北京西城区车公庄大街乙 5 号鸿儒大厦 B 座 (100044)
电　　话：(010) 52612345（总编室）　　(010) 52612331（编辑室）
　　　　　(010) 52612316（发行部）　　(010) 52612317（网络销售）
　　　　　(010) 52612346（馆配部）　　(010) 66509618（读者服务部）
传　　真：(010) 66515838
经　　销：全国新华书店
印　　刷：北京华联印刷有限公司
开　　本：787 毫米 ×1092 毫米　1/16
字　　数：266 千字
印　　张：17.75
版　　次：2016 年 1 月第 1 版第 1 次印刷
定　　价：48.00 元

网　　址：www.cctphome.com　　　邮　箱：cctp@cctphome.com
新浪微博：@ 中央编译出版社　　　微　信：中央编译出版社（ID：cctphome）
淘宝店铺：中央编译出版社直销店 (http://shop108367160.taobao.com) (010)52612349

本社常年法律顾问：北京嘉润律师事务所律师　李敬伟　问小牛
凡有印装质量问题，本社负责调换，电话：010-55626985

我们 和不相识的人一起，
每天进进出出于北京各条街道、各座楼里的书店，
我们为书店的光所吸引，
像蚂蚁出入自己的精神巢穴。

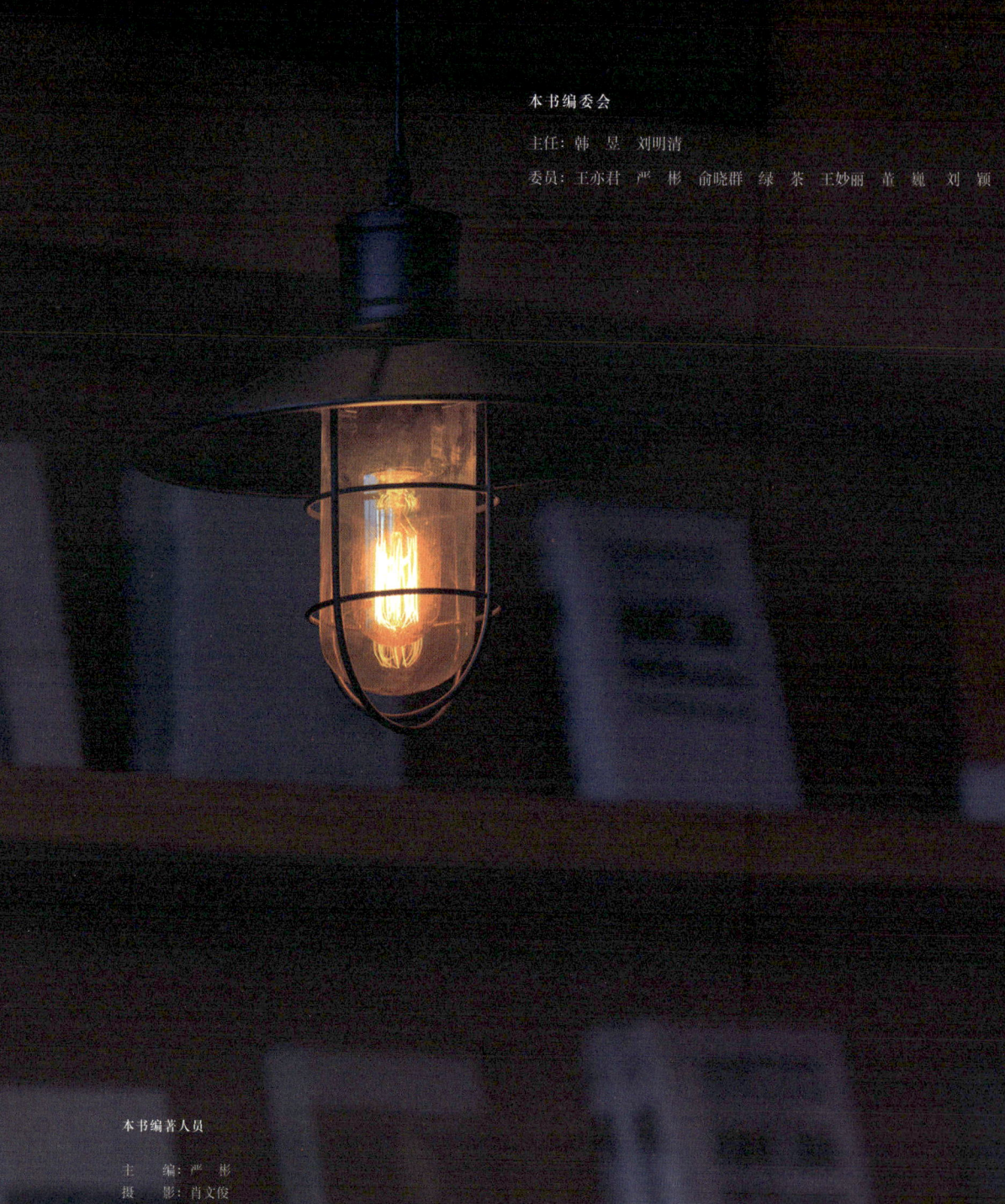

本书编委会

主任：韩　昱　刘明清

委员：王亦君　严　彬　俞晓群　绿　茶　王妙丽　董　巍　刘　颖

本书编著人员

主　编：严　彬
摄　影：肖文俊

终　审：刘明清
责任编辑：岑　红
封面设计：奇文云海
版式设计：刘一唯　波浪湾

雨枫书馆 → p71

书香中国·第4届
北京阅读季
4th BEIJING
READING FESTIVAL
www.bjydj.net

"我是雨中枫林驿站

我的存在，只为

目送你

再次远行的身影"

做书女，让心行走

阅读是给灵魂添色

店家提供

所有的潮流都是从一小群人开始的，
从关键的少数人开始的。

我们有可能在此创造一个对话的空间，
你不仅与沉默的书籍、逝去的作家对话，
还与志趣相投的人分享这些对话。

书店塑造了我的精神世界。

生活·读书·新知三联书店 → p92

书香中国·第4届
北京阅读季
4th BEIJING
READING FESTIVAL
www.bjydj.net

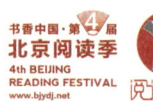

让一盏灯点亮一座城市

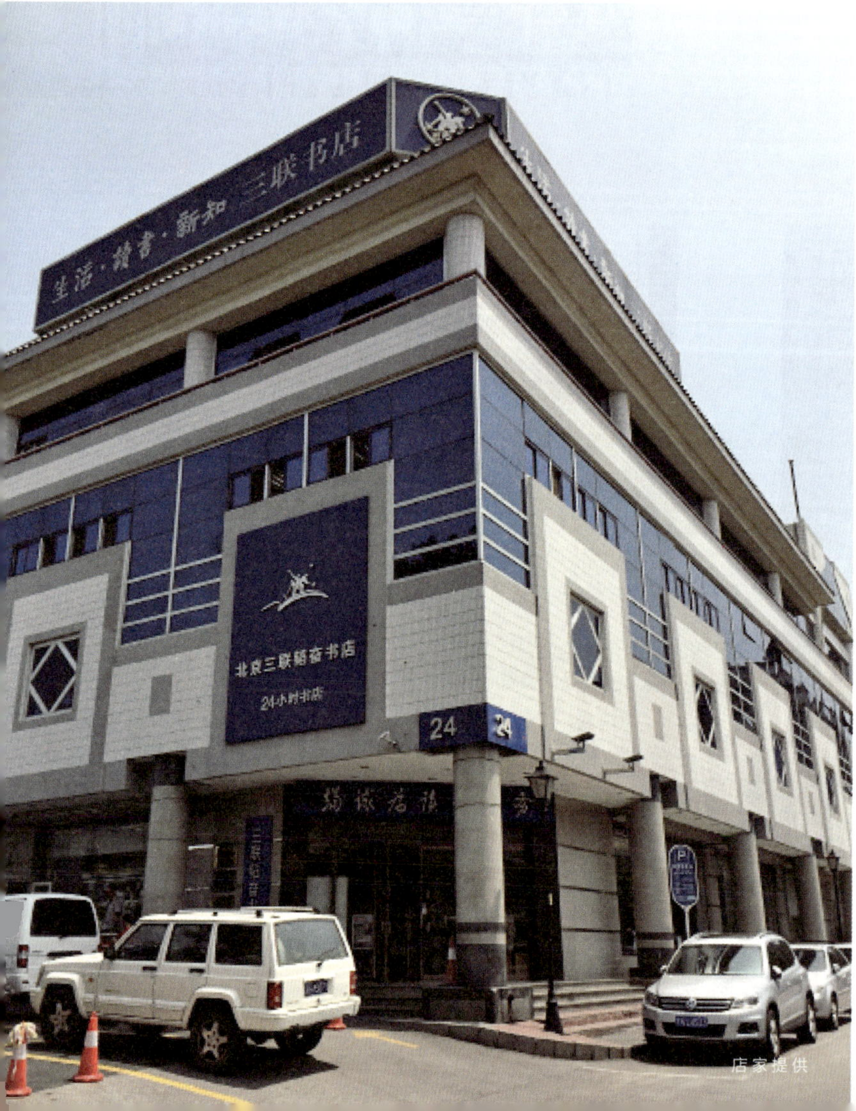

店家提供

书籍、灯光与咖啡，

使得24小时营业的三联韬奋书店，

成为文化青年新的时尚之地

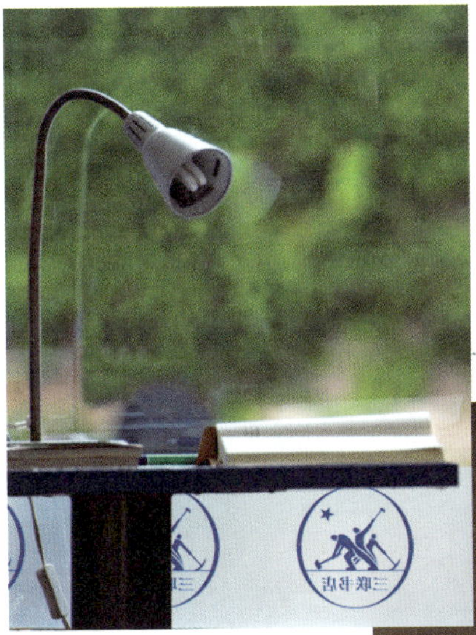

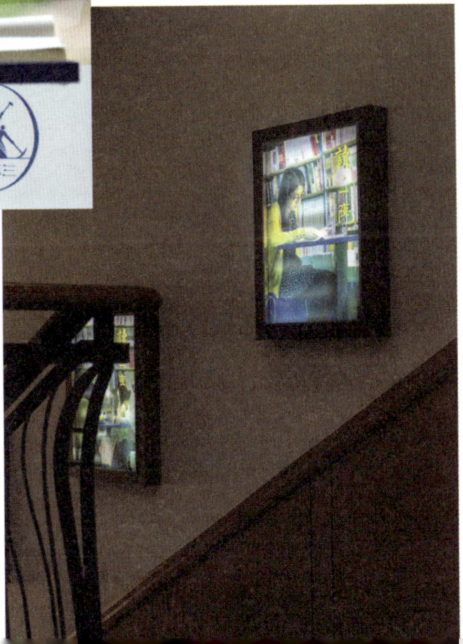

我们要建造一个去处。

万圣，它是一个去处。

我总觉得万圣是我们的精神领袖，开书店的教父。—— 卿松

力所能及的情况下，
我们要有表达，
要说话，
开书店是一个表达方式。

涵芬楼书店 → P127

到了书店，才找到这辈子最可心的活。

拍电影是表达，

你唱歌是表达，

你做媒体也是表达，

开书店它也是某一种意义上的表达。

我想开这种类型的书店，

可能是一种类型的反射。

以前更多的是那种激情，现在慢慢体会，是一种温和的欢喜。

如果能给理想读者下个定义，

那他就是以阅读为乐的人。

我特别迷恋他们买了一本书之后特别高兴，

离开店里时特别开心的样子。

墨盒子 → p174

青云笑得很开心，

也许她嫁给孩子们确实是最好的归宿。

墨盒子是因为孩子，

因为希望，

因为爱而转动。

我们是在宣传一种生活方式，
这种生活方式就是对平凡生活的一种关注，
希望能在平凡的生活中发现美，
感受爱，
启迪智慧。

彼岸书店 → p190

泡甜水园的较高境界，

其实不是在甜水园，

而是在甜水园周围的库房，

你只有购买了一定数量的图书，

才能走人这些库房，

而走人这些库房才知道什么叫迷茫，

什么叫无从下手。

爱书之人原本就志同道合，

玩越野的更是英雄相惜，

在这两样面前，

我们从来都是不惜成本的！

看着书友们谈笑风生、来来往往，

这恐怕是全世界开书店的人眼中最幸福的场景了。

零 售 之 王

读者为师、出版为友，传播知识、服务社会

王府井书店

书香中国·第 4 届
北京阅读季
4th BEIJING
READING FESTIVAL
www.bjydj.net

读者的需求就是我们的追求

共 和 国 第 一 店

中国书店(灯市口店)

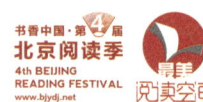

书香中国·第4届
北京阅读季
4th BEIJING
READING FESTIVAL
www.bjydj.net

最美阅读空间

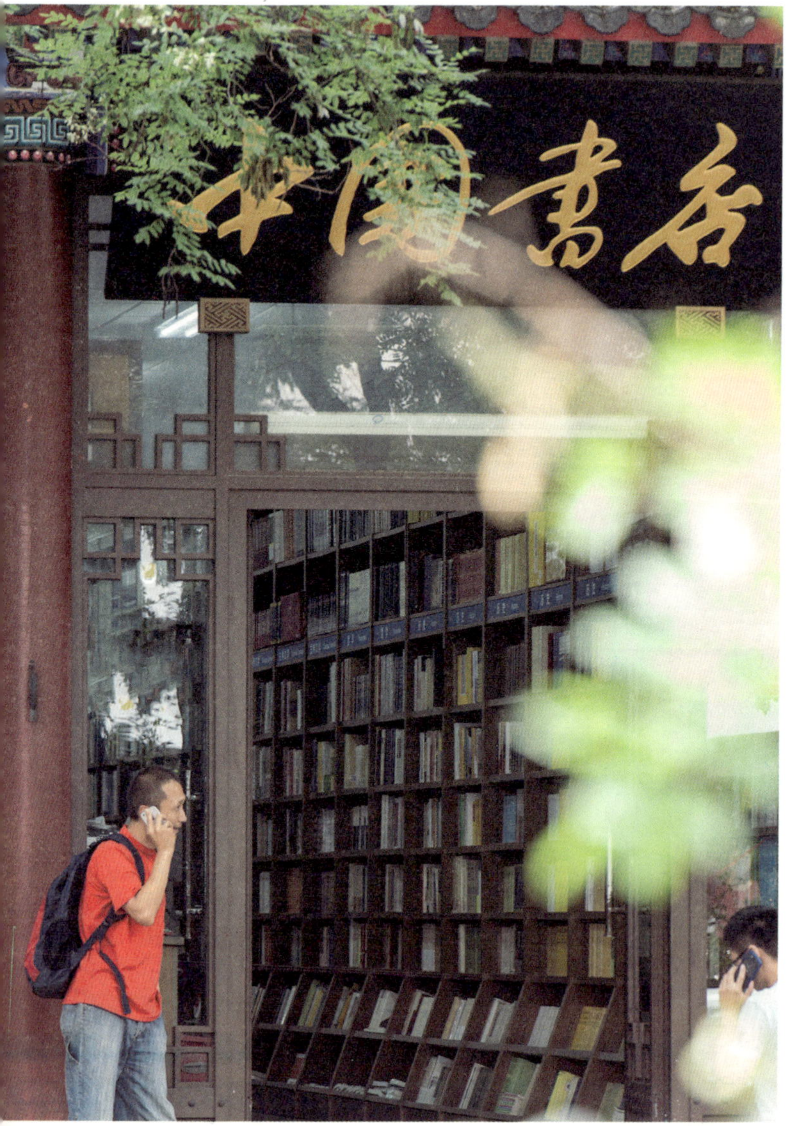

延中华文化瑰宝

续古旧书业一脉

放飞知识　服务读者

让阅读融进生活，让心灵在字里行间舒活。

读书时，

我愿在每一个美好思想的面前停留，

就像在每一条真理面前停留一样。

——[美]爱默生

少而好学，如日出之阳；

壮而好学，如日中之光；

老而好学，如炳烛之明。

——［汉］刘向

就算这是附庸风雅，

我依然欣喜自己在知道"风雅"为何物之前就认识了那里。

一想到还有人孤零零地坐在空荡荡的书店里看书，就不知道是该欣慰，还是该悲伤。

没有书籍的屋子，就像没有灵魂的躯体。—— [古罗马] 西塞罗

有书，但不只是书店；

有咖啡，但不只是咖啡店；

有文创产品，但不只是创意市集；

有画，但不只是画廊……

一个不断连接艺术、文化与生活的空间。

没有任何快艇像一本书，

把我们带到遥远的地方，

也没有任何骏马，

能像一页欢悦的诗篇。

最贫穷的人也可如此跨越旅行，

而不必被迫为通行纳税；

这运载人类灵魂的马车，

是多么节俭朴素！

没有一艘非凡的战舰，

能像一册书籍，

把我们带到浩瀚的天地。

也没有一匹神奇的坐骑，

能像一页诗扉，

带我们领略人世的真谛。

即令你一贫如洗，

也没有任何栅栏能阻挡，

你在书的王国遨游的步履。

多么质朴无华的车骑！

可是它却装载了，

人类灵魂中全部的美丽！

[美] 埃米莉·迪金森

第一辑

读者篇

北京的书店

解玺璋（作家、学者）

在 20 世纪 80 年代以前，北京的书店只有两家，一家新华书店，一家中国书店。新华书店是卖新书的，中国书店是卖旧书的。

新华书店最有名的在王府井，20 世纪 70 年代最后那几年，王府井新华书店就像是读书人的天堂。被封存十年之久的许多中外名著，都赶在那几年重新出版，这让读书人欣喜若狂。特别是我们这些年轻人，封闭、压抑了那么久，一旦放开闸门，那种心情是很难用文字来表达的。当时我每月工资四百大毛，除了吃饭，大部分都用来买书了。王府井新华书店门前广场买书的长队，是当年北京的一景，相信很多人都有在那里排队买书的经历。我上班的那家工厂远在东郊，只有赶上夜班或中班，才有时间进城买书。每次望着前面看不到头的队伍，总是担心买不上。那时，书也便宜，一套《约翰·克利斯朵夫》四卷本，定价 4.3 元，一套《基督山伯爵》，也是四卷本，只要 4 元钱。《资治通鉴》20 本，定价 30 元，现在看来不多，当时却也花了我大约一个月的工资啊。有很多书，我们都是只闻其名，未见其身；有的虽然见过，但也是残缺不全的，不是没有开头，就是少了结尾；还有的甚至连名字都没有听说过，但那也买，反正都是名著。

那是新华书店最火的年代，也是我们的幸福时光。王府井大街南口的楼前广场上，熙熙攘攘的人群中，总有人手里提着成捆的书，匆匆而去，脸上洋溢着满足的笑容。后来，这里要建东方广场，书店就拆了，北京的市民都很留恋，相约来这里照相留念的人很多，都不希望书店搬走。其实书店并没有要搬走，新落成的书店只是向北移了几百米，楼是比从前漂亮多了，却少了从前的那种亲近感。

除了新华书店，在北京，买书的另一个去处，就是中国书店。早年间，北京的旧书肆很多，名气大的，都集中在"一厂二寺"，已有数百年的历史。中国藏书史上曾有"厂肆"一词，不知是否与此有关。这里所谓"厂"，即琉璃厂；二寺，即慈仁寺与隆福寺。慈仁寺在宣武门外，后来改叫报国寺，清初曾经兴旺过，现在是一点书的影子也不见了。隆福寺的书店，旧时多至三四十家，后来也只剩下一家了。1958 年公私合营，与琉璃厂的旧书肆及市内其他旧书肆一起，合为中国书店，至今还在经营。前不久有朋友说，那里常能买到旧版戏曲方面的书，我还去过，可惜旧版图书已经不多，主要经营新书了。

我最初逛中国书店，是在 20 世纪 70 年代，距今也有三十多年了。"三十八年过去，弹指一挥间"，想想时光的流逝，也真如白驹过隙，忽然而已。那时我还不到 20 岁，远没到"冷摊负手对残书"的年纪，所以对古旧书籍感兴趣，完全是因为遇到了一个人，此人姓陆名骏，在我们厂是尽人皆知的老夫子，也是我的师傅。他在工作之余喜欢给我们这些青年工人背诵古文和古诗词，引起我极大的兴趣，也随着他背诵。但书却很难得，新华书店里没有我要买的书，他就带我逛中国书店，希望能从旧书里得到一点收获。我们常去隆福寺、灯市口、东单等几家门市部，也去琉璃厂中国书店的本部。跑熟了，没有师傅带着，我自己也去。买得比较多的还是五六十年代的旧版书，便宜而且实用。像《古文观止》、《唐诗三百首》、《唐宋名家词选》，都让我爱不释手。更有一套《中华活页文选》合订本，最初买了第一分册，以后又陆续买过几册，但至今不全，好像还缺第二分册吧。我喜欢这套书，有一段时间，天天抱着它又读又背，封面都被我翻烂了。我的古典文学启蒙就是从这些书开始的。当时，中国书店也摆了很多线装书，有些摆在书架上，有些就成堆地摊在条案上，或堆在地上，有点儿像现在超市的旧书摊儿，几角钱或一元钱，就买一本。我对线装书一无所知，什么版本、年代、印制、内容，都不懂，很多书名、作者名都是从来没听说的。但也好奇，就学着别人的样子在那里翻阅。后来也捡便宜的买过一些。我买得像点儿样的线装书，记得有一套《昭明文选》，一套《史记》，一套《古名家杂剧》，还有老子的《道德经》，庄子的《南华经》，以及《论语》、《孟子》、《孙子十三篇》的注本等，还有一套《陈龙川文集》，总之是杂乱无章，完全没有目的，甚至连喜欢也还说不上呢，只是心里隐隐约约的有那么一点意思，觉得这些书也许有一天会和自己发生点关系。当然也因为它所费不多，我又单身一人，没有家室的拖累，买也就买了。记得这些书里，最贵的就是那套《昭明文选》，好像花了5元钱。

80年代中后期，个体私营经济始被官方认可，风气渐开，也波及图书零售这种所谓的特殊行业。1988年三味书屋开业，怕是破冰之举。书店是一座两层旧楼，不大，但很有味道。门前有几株洋槐，树荫遮住了市井的喧嚣，店里就有了几分清幽。当时这里还是很热闹的，门前也是人来人往，车水马龙。后来西长安街向两侧扩展，绿地铺到了门口，周围的许多人家都因拆迁而搬走了，只有这家书店还在，显得十分的孤单。前不久，与两位朋友约会，就近选了书店的二楼喝茶，意外地碰到了书店的创办人李老师和刘老师。我们有十几年没见了，这次见面让我想起许多往事。那时我是书店的常客。在西边参加活动，看片开会之类，回家或回报社，这里都是必经之地。骑车到这里，一定要下车逛一圈，看有没有要买的新书。二位老师选书的眼光是第一流的，如果你是一个喜欢读书的人，在这里总是会有收获。那时还没有万圣、风入松、国林风或三联韬奋书店，更没有涵芬楼，有几年，这里是我买书的主要场所。我想要的书这里几乎都能找到。除了卖书，这里还经常举办与书有关的活动，记得包柏漪的新书在中国出版，首发式就是在这里举办的。那天来的人可是真不少啊，各界名流，楼上楼下挤得满满的，可谓盛况空前。后来这里渐渐就冷清下来，真也是一言难尽。前些天，听说书店举办了 20 周年纪念活动。一家小小的书店，在如此恶劣的环境中，以孤岛式的坚守，生存于今天，我想是很不容易的。

到了 90 年代中期，民营书店渐渐地就多起来了。那时我在《北京晚报》主持"书香"专版。我有一个想法，就是帮助读者多发现和介绍一些有特点、有特色的书店，并通过他们向读者推荐更多的好书。而落实这个想法，在我无非是骑车到处转。看上去很笨，但也很有效，因为自行车就是我的代步工具，我每天出门、办事、上班、开会、采访，都要骑车去。这样，就有很多机会接近、了解那些尚不为人所知的书店。有一天傍晚的时候，我路过交道口，看到路东新开了一家书店，很小，只有一间门脸，连招牌还没有，就在门口立了一块牌子，上写"女子书店"。大概是1995 年吧，世界妇女大会要在北京召开，我正在写《中国妇女向后转》一书，关于女性的出版物很不好找。于是，我把车支在门口，进到店里。大约二三十个平方，靠墙四周摆满了书架，架上多为女性作家的作品，文集、选集、诗歌、散文、长篇、短篇都有，也有一些研究女性问题的专著和资料。记得一套《中国妇女运动历史资料》就是在这家店里买的。我在晚报对这家"女子书店"做了介绍，店主赵文阁和我成了很好的朋友。她是一个热情而富有理想的青年女性，真的是身在陋室，胸怀天下。她的理想就是把"女子书店"开到全国各地去。不久，女子书店就从交道口搬到了王府井大街北口考古研究所附近，营业面积也扩大了；以后又搬到首都剧场，已经改名为"戏剧书店"了。各种各样的原因，使得赵文阁的理想没能变成现实。她离开书店的时候，清理积压的旧书，有一本《中国近代女子留学史》，她说："你喜欢研究女性的历史，这本书就送给你吧。"

另有一家书店，老板也是女性，她就是万圣书园的甘琦。最初，万圣是在清华大学西门附近的胡同里，只有一间门脸儿，后来拆了建大楼，书店只能搬家，就搬到现在的成府路上，不仅上了楼，营业面积也扩大了，还辟出很大一块做书吧，使读书的朋友有个歇脚、养神、谈心、清议的地方。在我心目中，万圣是唯一坚定不移地守持学术理念的书店。这要感谢前后两位当家人，前有甘琦，后有刘苏里，他们对于书的认识，以及选书的眼光，都是我十分钦佩的。风入松书店、国林风书店开办的时间略晚于万圣，但规模都比万圣大很多，服务对象主要也是周边各高校和科研机构的教师、学者、研究人员、工程技术人员和学生。从经营的角度说，由于规模大，要兼顾的东西就多，也就不像万圣那样纯粹，学术图书之外也要兼营大众读物、畅销图书，后来则发展为第三极这样的全品种书店。

我一直以为，书店在公众阅读中起着重要的作用。经销什么书？推荐什么书？不仅需要眼光，也需要理想和信念。谁都知道卖畅销书赚钱，但如果只有畅销书，我们的阅读就会出现偏差。精神的提升、信仰的坚守、文化的传承，都会成为问题。于是，我就想到要在《北京晚报》的"书香"版开办一个栏目，向读者介绍近期有价值的、可以一读的好书。我的这个想法很快得到了甘琦和风入松书店王炜教授的响应和支持。我们共同办起一个"推荐书目排行榜"，每一期两家书店的推荐书目，都是甘琦和王炜亲自选定的。榜单一出，就给人耳目一新的感觉。此前没有这样的榜单，后来也没有这样的榜单，今后会不会有？我不敢断言，但我希望能有书店出头做这件事。我们总是说，很多好书找不到它的读者，而很多读者又找不到所需的图书。我们做的这个榜单，恰恰起到了中介和桥梁的作用，它给那些躲在深闺人未识的书找到了知音，也为四顾茫然不知到哪儿去找自己所需图书的读者指明了路径。当时有很多读者都把这个榜单剪下来，拿在手里，按图索骥。我觉得，这是有良知的书店应办的善事，也是大众媒体读书版不能推卸的责任。

民营书店在 1995 年以后有一个短暂的发烧期，它以万圣书园进入北京音乐厅，风入松书店进军王府井为标志。当时,大家的脑子都很热,赵文阁要办女子书店连锁店大约也在这个时候。但是,这种热情并没有持续太久,就被现实的冷水浇灭了。高房租,低销售,使得风入松的王府井店入不敷出,王炜只有选择撤出。实际上,这里也暴露了书店在经营策略方面的问题。王府井是北京首屈一指的商业中心,客流量很大,而且客流的成分很复杂,并非清一色的读书人。所以,它需要的是全品种的综合书店,而不是相对单一的以学术相号召的特色书店。在这种情况下,风入松退出王府井是早晚的事,它只能把这块风水宝地让给重新开张的王府井新华书店。2000年后,万圣也因合同到期,离开了惨淡经营的北京音乐厅店而退守海淀。赵文阁也早已放弃她的理想,转行向别处发展了。

北京的新华书店在2000年以后得到较快发展,仰仗于三家航母式书店的崛起,这就是西单的北京图书大厦、王府井新华书店和中关村新华书店。据说,北京图书大厦的营业额在全国排名中也是数一数二的。不过,就我个人而言,进了这样的书店,总是找不到我要买的书。人仿佛掉进了大海里,无论你怎么游,都找不到目标。所以,我买书一般是不去这些书店的。我更愿意去三联或涵芬楼,一是方便,离我工作的单位很近;再一个,觉得亲切,有认同感。在这里我不必担心碰到很多让我心烦的书,不是没有,是很少,不像图书大厦,一进门,扑面而来的气息,能让你窒息。最近这几年,我的大部分书都是在三联或涵芬楼买到的。每次去首都剧场看戏,我都提前过去,就为了先逛一逛涵芬楼,买几本新书。而三联书店也因为经常举办活动,有机会频频光顾。

不过,我还是爱逛有特色的小书店。店面不大,书也不多,可以一本一本地翻看。不像大书店,匆匆而来,匆匆而去,反而少了些淘书的趣味。北京有很多小书店,散落在大街小巷,但有特色的大约很少,多数都被同质化了,看上去味同嚼蜡。然而,在当今这样的文化环境中,坚持办有特色的、不跟风尚的书店也很难,经济上的压力会很大。早先在首都剧场南侧有一书店,店名知味,老板姓崔,是个很懂书的老板，在这里经常能买到很有趣味和品味的书。后来剧场扩建停车场，就把南侧的一排平房拆了，书店无奈中只好搬家。这一搬就搬到了和平里北口影协旁边。前几天我从那里路过，看到又拆了，不知是重新装修，还是又搬走了。

小而不肯流俗的书店现在是越来越难办了。我住望京，要买书，只能进城，或者上海淀，都不近。有一次和止庵、刘苏里聊起来，刘苏里说："如果望京有 50 个像你们俩这样爱买书的人，我就在望京开一家万圣分店。"我没有做过调查，不知道望京藏有多少我们的同类，苏里兄的书店至今也还没有开张。不过，我倒是希望望京能有一家这样的书店，一个拥有 30 万人口的新型社区，50 个爱买书的人总还是有的吧。有时我也突发奇想，不成，等退休了，我自己办一个。

到北京去做 "醒客"

沈昌文（出版家）

十来年前的万圣节，在北京出现了一家私营书店：万圣书园，至今它还是逛北京的读书人不能不去的一个地方。

北京的书店够多，够大，西单图书城，王府井新华书店，还有美术馆东街的韬奋图书中心，都是大书店。人声鼎沸，书种繁多，一入其中，仿佛到了书的海洋。它们自然值得流连，但你得花时间，要有耐心。如果你只是想读些社会、人文方面的书，又不想同喧闹比高低，与繁华争短长，那何妨到海淀成府路蓝旗营上的万圣书园去泡几个小时，也许收获更大一些。

万圣书园的主人刘苏里先生，是位政治学家，十来年前，命运让他弃教从商。近年在中国大陆，"下海"是件令人艳羡的事情。不少读书人因而成了亿万富翁，上了什么什么富豪排行榜。刘先生下海这一步是走对了，可惜下的是"书海"。他的学问在

"书海"里派上了用场，可是财富的增长却并不比别的行业理想——自然还是比教书强得多。

但无论如何，刘先生乐此不疲。我敢说，在我们见到的"书商"之中，读书之多谁也超不过此公。把读书同经商结合起来，而且结合得那么完美，于是使他的书店具有浓郁的文化特色。大陆现在出书极多，甚至可说太多。你有工夫，自己去书的海洋中遴选，自是好事。但如力不能逮，只能求人为你先选一道，那么这个"先选"一事，刘君自为合适人选。

书种精之外，刘先生还为读书人创造了一个宁静的读书环境。最值得一提的是这里附设的咖啡厅：醒客咖啡吧。"醒客"也者，"thinker"之谓也。这个咖啡厅有几句口号，值得摘录：

> 不一定很费钱，但一定很费时间
> 不一定有很多人，但一定有很"醒客"的人
> 不一定是你身体要去的地方，但一定是你精神要去的地方

作为口号，不免有点夸张。我们在这个咖啡馆所见的人，"醒客"自然不少，但去谈恋爱、交朋友的年轻人似乎更多——自然他们也是为了"精神"而去。但不论如何，这家书吧可说是目前书店附设的吧中最大最宁静最温馨的一家。在主人夫妇的调理下，食品也具特色。营业时间到午夜十二点。

我不是"醒客"，去"万圣"有时只是为瞎逛。但我相信刘先生自己的确是个"醒客"，所以他才能开好这么一家书店。

京城书店印象

俞晓群（出版家）

2014 年上半年，我曾经参加一个好书店的评选，是一个投票的活动，也是一个学习的过程，从中知道北京有那么多特色书店，那么多优秀的店主，那么多有趣的故事。事后思考，如果让我从中选出几家书店，讲一讲你的故事与印象，你会想到哪几家呢？我立即想到三家：万圣书园、时尚廊和生活·读书·新知三联书店。其实这些年，由于工作太忙乱，京城交通又不方便，再加上网店兴起、便捷至极，所以一般情况下，我是不去逛书店的。但这三家，我还是要去，因为到那里去，不仅为了书，还可以做许多事情！

万圣书园：一种态度

前几天见到一位海外归来的学者，他在网上留帖写道："北京能有万圣书园，是一个地标，一种幸福，一点欣慰！"此君话里有话，但赞美之意是肯定的。我却由此想起，从前万圣书园老板刘苏里，好像说过一句话："办书店也是一种态度！"最初闻此言，我还听到有人调侃说："是啊，办什么不是态度呢？"后来我几次到万圣书园浏览图书，见到他们的格调，他们的上架图书的标准，尤其是他们的图书分类，都与别的书店不同，果然是一种不同的、独到的态度。

我2009年进京，到外文局海豚出版社工作。这原本是一家童书出版社，我给它融入一些人文图书。从2013年开始，我们的人文图书出版有了一些规模，就开始在一些书店中，举办"摆渡人·读书文化沙龙"活动。我告诉营销部，每年的活动，最少要在万圣书园搞一两次。2013年10月14日，我们在万圣书园·醒客咖啡屋，请复旦大学傅杰教授主讲《对历史文化遗产的再思考——回顾与展望》，暨《海豚书馆》绿色系列读书沙龙。现场嘉宾有辛德勇、傅刚、韩琦和顾青。2014年8月27日，我们又来到万圣书园咖啡屋，举办胡洪侠新著《书中日月长》读书沙龙，请来的嘉宾有：李长声、刘苏里、谢其章、吴兴文、祝勇、沈昌文等。其实那里场地很小，坐不下几十个人，读者自由参加，所以挤得很。那天刘苏里晚来一会儿，坐在外间，戴着一顶帽子，混坐在听众中，我们几乎没认出来。活动结束后，一面忙着签售，一面去看书，一面老朋友之间相互寒暄，苏里兄问我："出这样漂亮的书，成本会很高，出版社还坚持得住么？"我说："还好，我们是以出版儿童书为主，人文书还不到百分之十，挺得住。"也有人问："万圣地方太小了，为什么选在这里呢？"我回答说："其他地方也去的，像涵芬楼、单向街和三联韬奋中心等，但还是要来万圣书园，借用刘苏里的话说，这也是一种态度！"

时尚廊：一种时尚

自从时尚廊开张，不断有人向我提及，赞扬它的外在之美，气度之美，创意之美。它实际的形态是以咖啡、餐饮与图书混搭，是休闲、阅读与交谈的好去处。在那里，书只是它诸多元素之一，有时是主角，有时是配角，那要随来访者的目的和心情确定。这种无主题的新潮搭配，让书店的概念在似是而非中得到新生。我去过几次时尚廊，每次都不是专为买书而去的。有几次是路过休息，还有两次是为了在那里聚会，或者说白了，是为了吃饭而去的。

第一次在一天中午，我们海豚出版社与《新京报》书评周刊朋友聚会。活动由萧三郎召集，沈昌文与我们海豚同人参加，我们带去一些海豚新书，就在书店大堂的一端，大家散散落落地坐着，共进午餐，有点意粉的、有点盖饭的，期间大家讨论《新京报》书评周刊的一些事情，比如近期刊登我写沈公的文章《永远的追随者》，那版式极为奇怪，是用文字将沈公的形象堆积出来，设计者介绍自己的想法。与会者有的在听，有的在看书，有的在喝咖啡、吃便餐。附近一些不相干的读者走来走去，还有的在那里东倒西歪地看书，有的在那里发呆，有的在那里驻足旁听，有的在那里吃饭。这样的聚会形式，沈公都觉得有些奇怪，他小声问我："这是开会么？"我无法回答，但心中还是很认可这样的聚会形式，因为这是时尚廊，这是新一代文化人的生活方式。

我觉得，时尚廊的构建是反传统的，又是一种融汇传统精神的存在。它与传统书店的概念完全不同，但在不同的感觉中，你还是会找到许多传统的印记。所以即使是传统领域的大佬，也会接纳它的时尚风格，欢迎它的存在。我在时尚廊的第二次聚会，是某一天晚上，台湾出版家郝明义约我到时尚廊吃饭，他说那里的意大利西餐做得很好。这次我们比较正式，没有在书店的大堂，而是在一个里间，长条的桌子上摆好餐具。看上去有些一本正经，但实际上与在西餐厅中吃饭的感觉完全不同，因为这是书店啊，是时尚廊啊，我们一边吃饭，郝先生一边用电脑，忙他的事情。吃到一半时，我们还会到大堂书架上浏览，甚至买几本书回来，拿到餐桌上议论一番。此时我想，存在形式的改变，实际上也是对固有观念的改变，郝先生早已经很适应这种变化了，他讲阅读时就主张要有跨界精神，这次在时尚廊中的跨界体验，感觉奇怪而富有新意。

生活·读书·新知三联书店：一种标志

这家书店从开张那一天起，就不是一个一般的书店。记得在好多年前，有一位领导不知邹韬奋为何人，只知道他是中央某领导的父亲，所以有人称赞韬奋中心好，他接话说："那是某领导家的产业么！"呵呵，这是真事儿，权当笑话听听吧。我到这里买书也有很多年了，在辽宁工作时，一来北京就会到这里来买书。记忆最深的是买邹韬奋评论集、张元济评论集等，这样的书大书城不会有，这里却往往能找到。另外楼上的咖啡厅，是出版江湖大佬沈昌文接头地点，全国各地想见沈公的人，一定会在这里找到他。知情的人还知道，沈公在前台存放着洋酒，来访者尽可打着沈公的旗号，请服务员拿来饮用。

除了买书、接头之外，更多的时候，我们也是在那里搞活动。比如九州出版社《王云五全集》出版，请沈昌文与我在那里做新书座谈。还有海豚出版社的一些新书出版，也经常会在那里开推介会。当然最难忘的活动是在2011年8月，我们在那里举办"沈昌文进京六十年暨庆祝八十岁生日活动"，王蒙等许多名人、作家都来了。腾讯网还做了现场直播。但近来韬奋中心好像越来越火了，因为它二十四小时营业？因为受到了大领导的表扬？还是因为文化繁荣了？不知道，反正在那里安排活动越来越困难了，需要提前很长时间预约。前几个月沈昌文《也无风雨也无晴》出版，希望在韬奋中心搞活动，商量几次都安排不上。后来安排上了，沈公却不干了，他说上次在那里搞八十岁祝寿，结束之后就觉得自己突然老了，精力也跟不上了，还是别开啦！就这样平静地活着，已经很好了。

买书旧事

止 庵（作家）

前几天有记者打电话来，问我现在买书感觉如何。我说一则以好，一则以不算太好。这是与从前比较而言。"从前"指 1970 年代末，我刚买书的时候，也就是"文革"以后，外国文学名著开始解禁的时候。今昔不同，首先在于如今在书店里看见一本想要的书，无须急忙掏钱，过上两三个月，照样还能买到。从前可不行，一本书错过，也许第二天就买不着了。只好从书店门口的"黄牛"手里买加价的，书本不贵，无非加三五毛钱而已，不过已是很大的百分比了。有段时间书店柜台一角备有两份报纸，一为《社科新书目》，一为《上海新书目》，可以查看即将出版的书，登记在卡片上。书到后，书店会把卡片寄来，凭此去买给你保留的书。后来无此必要，这项服务措施也就被淘汰。现在到处都卖降价书，九折八折不等，网上价格甚至更低，赶上促销，还有半价的呢。

所以现在买书容易多了，也方便多了；然而当初那份儿乐趣，几乎谈不上了。乐趣在于得之不易；进一步讲，一时欲得而不能，也未始不是一种刺激，及至终于到手，则岂止快慰，简直是兴奋异常了——这里免不了有点坏心眼儿，即自己拥有而他人没有，很是得意，可以炫耀一番。相比之下，现在感觉可就平淡得很。所以虽然多年过去，打开书柜一看，哪本书当时在哪儿买的，和谁一起买的，仍旧了然于心；后来买的反倒有些模糊，甚至连买没买过都记不住了。此为个人感受，扩大来讲，也可以说是图书市场日渐萧条的一点反映罢。随便找出一本三十年前的书，开印动辄几万、十几万，还是一抢而光；现在的书不过三五千册，居然卖不出去。买新书根本算不上收藏，然而收藏亦必有一前提，即物以稀为贵是也。从这一角度讲，我觉得人们与其收集那大量发行的邮票，倒不如搜罗这种印数无多的图书呢。

记者还问我喜欢到什么地方买书。我说暂且没在网上买书，去的还是实体店，就近而已，只要是较大一点的书店，哪儿都无所谓。过去就不一样，不同的书店品种总有差异，出去买书，往往要跑几个书店。大洪兄与我是因买书而结识的朋友。他那时在工业学院读书，星期天进城买书，我们先在王府井碰面，然后去东四，北新桥，我到家了，他还要一路去交道口，地安门，新街口，动物园，首都体育馆和魏公村各处一转，才回到学校。有时再多走几步，则拐到西四,三里河或西单。其中不少书店今天已经不复存在。如果要写三十年来北京书店的变迁史，70 年代末到 80 年代初那一段儿很少有人比他更熟悉了。

过去有不少书是内部发行的，不知道门路，就无法买到。王府井、西四和新街口书店都有机关服务部，可以径直进去买门市不卖的书。最大的内部书店在西绒线胡同，管理并不太严格，自己写封介绍信，盖个随便什么单位的戳儿就行了。那里也是我们每周必到之处，有一次我买着马克·斯洛宁著《苏维埃俄罗斯文学》（上海译文出版社 1983 年 10 月出版），回家以后，一口气读完，居然已是黎明时分。此外东单三条西口还有一家内部书店，不过地方很小。王府井南口外文书店楼上，火车站对面邮局附近，也曾经卖过内部图书，而且不要介绍信，这两处连同东单三条那家现在都拆得无影无踪，提起来也很少有人记得了。我的一本《肖斯塔科维奇回忆录》，便是在外文书店楼上买的，封底只署"外文出版局《编译参考》编辑部编印"和"一九八一年十月，北京"，并非正规出版物，当时这种书很有不少。还有一套群众出版社 1982 年 12 月印行的《古拉格群岛》，共三册，买到却颇费周折。因为上述胡乱开的便笺不管用了，须持有局级介绍信，长安街上那家读者服务部才肯发售。我赶紧四处托人，帮上忙的一位副局长不很放心，追问到底是什么书，我说是地理书，这才开出介绍信来。回想起来，当初岂止是买几本书而已，对我来说，一生的思想基础多少就因为读这些好不容易买到的书而奠定，所以对有关出版社、书店和卖书的人，不能不怀有几分感激之心了。

大洪兄和我每次买书都要仔细挑选，他最在意书角有无磨损，我则更讲究书脊是否平整，这习惯一直延续至今。过去买书困难，可供取舍的余地不大，而且没挑上一会儿，已经惹得售货员讨厌了。现在则要方便得多，几乎可以由着你的意愿挑选。一时找不到满意的，不妨下回再来，反正也卖不完。过去买书回来还要逐一修补，可能与装订普遍简陋粗糙不无关系，现在倒不大费这个劲儿了——多半是用不着，再说也不复当年兴致了。

读书买书二十年

冯俊文（出版人）

　　大约在 1993 年，我和父亲去武汉，看望挑扁担为生的舅父。那时候村里的电时停时开，碰上下雨天，黑暗中雨从屋顶漏到瓷脸盆里，"点点滴滴到天明"。因是故，面对武汉彻夜不息的路灯，我站在天桥上久久不能回神。桥下有家报刊亭，我看上一本《唐诗三百首》，记得定价 3.90 元。停驻翻阅了半天，父亲说："村里某家有，回去借。"这段经历，构成了我对书最初的印象。

　　故乡地处鄂东北丘陵地区，镇名"二程"，开创北宋理学的程颐、程颢兄弟，就是在此地出生，因故而得名。然而，乡下并无多少文气遗存。我最早的启蒙读物是《读者》、《故事会》和《婚姻与家庭》，因为村里唯一的小学教师，作为福利每月会分到一本；另外一份《参考消息》则是村长的标配，很多年我都将其误读为《参改消息》。那些抖机灵的笑话，诸如"大象预知将死，就会根据命运的指引，走向那片山谷，与祖先同眠"的传奇故事，达利笔下流水般垂挂的钟表，都是通过这些途径渗透进来。

此外就是武侠小说，金、古、梁、温，还有各种仿写、续写如金庸新的《九阴九阳》。这些书都在大约方圆 20 公里的范围内，依托熟人社会间的网络流动，过手一遍就很难有机会再见。一次碰到全套的几率非常小，通常只有上半部或者下半部，运气特别不好的时候，故事就会从中间开始，在中间结束，不知何所来兮何所终。古龙有本《浣花洗剑录》，鲜明的日本风格。多年以后终于有机会读完，竟感到极其失望，可能是因为前面多年，胃口被吊得过高的缘故。还有《水浒传》，上中下三大册，花了一天半看完，昏天黑地连吃饭的时间都没有。因为那套书是小舅的公公所有，第二天下午我就得走了。

整个初中时期，唯一买过的书是《中学生作文大全》，价格好像也是 3.9 元，当时我身上只有 3.70 元，在小镇上唯一一家书店里面，踌躇老半天，才鼓起勇气议价，让老板娘免了两毛。那时我们的生活费，是一周五毛钱。所以那本书也备受珍视，一直用到四年后书脊开裂，扔在老家找不着，我还失落良久——尽管那时候在黄冈中学图书馆，已经有可观的藏书如《源氏物语》等供借阅。出学校北门左转是青云街，常年有三四家盗版书店，书架大约是三五块钱一本；再往前右转的胜利街上，还有家新华书店。每周六放学之后，我的日常路线就是从青云街到胜利街，一路逛一圈回到学校。

那时候生活费每个月大约是 120 元，对于家里而言，已经不是个小数，每个月能省出来十几块钱买书就不错了。大多数时候只是逛逛，看看有什么新书过过眼瘾，才能安心。有个女同学父亲藏书颇丰，因家教严，每次只能从书房偷偷拿几本出来，借我看完再偷偷还回去。我对古文的一点语感，就是这样偷看《资治通鉴》培养起来的。不过，三年下来也买了二十来本书，记得装起来有一小麻袋，毕业离校时珍而重之地送给了一个同学，里面有苏曼殊的诗文集、林语堂的散文。

大学期间，大概买了三四百册书。武汉大学图书馆藏书量已经不少，做研究基本够用。如今返观那时候买书的举措，更多的是弥补自己多年来无书可读的缺憾。逛的书店主要有武汉大学周边八一路上的豆瓣书店、三联书店等几家，还有汉口一条类似青云街的街道，里面都是从各种渠道流出来的正版书，半价出售，我曾经在那儿见过王叔岷《史记斠证》、《庄子校诠》、《斠雠学》等书，都是中华书局新出的。这一阶段购买的书以史学为主，尤其集中在魏晋南北朝领域；还有一套复印台湾版的《金文诂林》，总共 20 册，记得当时花了 800 元的复印费。毕业后这些书曾一度随我到大连，后又折返武汉，来北京时托朋友运回他们家阁楼，最近才被父亲搬回家里。这些年在出版业为人作嫁，做学术的心也日渐淡了下来，前几天把那套《金文诂林》送给了南通一位长于篆刻的朋友，终于物尽其用了。

2009 初年来北京，买的第一本书是宗白华的《美学散步》，上海人民出版社 2005 年版，深红色的封皮，有着粗糙的纹路。那时我刚学会坐地铁，正奔波在找工作的路上，前路莽莽无人识，对未来的生活一无所知。走到北师大西门那家光合作用，习惯性地进去逛了一圈，9 折 18 元买了这本书。美学不是我关注的范畴，直到几年后送人，我都未能将其读完。然而，那粗糙有质感的封面，在当时给了我很大的安慰。一年半以后，我搬到了北师大周边，离这家书店几百米，还时常过去逛逛，直至它倒闭。好在师大周边，有些书店坚持了下来，如盛世情、野草书店、墨香书屋，每次去逛总不忍心空过，买一两本书才踏实。

盛世情的老板有五十多了，喜欢自言自语，"过几年我没了，这书店也就不在了"。野草和墨香两家都是儿子开店，父母帮忙看店。2013 年 7 月 2 日，有一位读者发了一条微博，野草书店看店的老头对他说："三年了，硬撑了三年了，我和老伴儿。我们现在连一千块钱都拿不出来。"预告了这家店即将倒闭的消息，迅速赢得了三万多的转发量。当天晚上我和几个朋友相约过去，六七点钟店里人头攒动，待了一会儿在外面找了个台阶，坐下读刚入手的《顾颉刚日记》——是趁着卓越网的促

读者篇

销活动，半价买的。这种动辄上千的大部头，不敢在地面店买。墨香书屋以卖旧书为主，一开始是在师大北门，我下班后经常去逛，每次一百来元总能淘到不少好书，如《李洁明回忆录》、《告诫的灵魂：高耀洁回忆录》、《李登辉的一千天》、《超凡领袖的挫败》等书。还有套台湾远流版的《胡适作品集》摆在入门右手往里的书架上头，因为价格过高一直无人接手。2003 年底的时候，守店的老太太说房东涨房租，他们可能要搬家，后来果然搬到学校里面学一楼的地下室。离我没那么近了，也没之前好找，但对于师大的学生来讲，应该不存在问题。

先前那家店面，也一直没有人承租，就那么空着。后来，某位要人来师大视察，一夜之间，这家店面以及我惯常去的面馆、咖啡馆、小卖部等，都消失在铁幕之后。那条路原本生机勃勃，如今只剩钢铁般的灰冷、死寂。

逛书店小史

杨 葵（作家）

　　收拾屋子翻出一本少年时的札记本。所谓札记，与日记不同，是用来记些当时大而空洞的感想，还有读书笔记，偶尔也有摘抄。比如读马拉默德长篇小说《伙计》后写感想："整部小说写的只有两个字，赎罪。"通读冯至先生所有诗作后写道："《十四行集》，1942 年，是否有个走向格律的失败？《昨日之歌》中的诗大体整齐，格律虽不刻求却也大体押韵……《十四行集》出现许多类似咏物诗的东西，不能不说是走向格律的失败的证明。"这样空洞的内容，勤快点儿大半年就写满厚厚一本，懒了一个本子写两年，还留着小半本空白页。

　　找到的这一本就属于后者。有趣的是，本子从后往前逆序记了 1989、1990 两年的书账。记书账的习惯，上高中时就有，缘起要上溯至更早，读鲁迅日记，里边有细致整洁的书账，因为喜欢就存心模仿。刚开始零花钱太少，一个月下来买不了两三本，只按年记。读大学后，可支配的零花钱多了些，也恰好到了如饥似渴阅读的年纪，越买越多，就按月记了。

回顾个人逛书店买书的小历史，中学时家住虎坊桥，离琉璃厂只有一站地，放学途中常常提早一站下车，逛逛各家书店。那是 1980 年代初的琉璃厂，破破烂烂，比起现在那里的金碧辉煌，因为质朴显得有文化得多。一条街好几家书店，东街把口处有中国书店、西街有古籍书店，这两家店面大，但历史不长，都是 1950 年代开张的。邃雅斋、来薰阁等诸多小店也有书卖，店面虽小，可都是百年老店，随便哪家的顾客名单列出来，都是整个 20 世纪文化史的一个侧面，顶尖尖的那些文化人。

那会儿我在学习书法篆刻，读书也正贪恋中国古代文史哲，这两个"正在进行时"和琉璃厂的氛围太相融了，所以不只平时放学顺道去逛，每逢周日吃完午饭，也跑那儿泡着，常常泡到物我两忘，美不胜收。

上高中时学习成绩不好，来自老师方面的压力很大，对上学一事非常抵触，经常旷课逃学。学校在灯市东口，守着一家中国书店，成了旷课时的主要去处。书店里屋，是个旧书收购部，因为常去，和那里值守的一位老先生处得好，从他那里听到不少收旧书、卖旧书的精彩故事。

上大学时，客观环境赶上西学东渐，翻译著作出版高潮；主观个人这里，也正值叛逆年纪，对读了多年的国学内容日渐生厌。眼看着每天都有令人向往的翻译书出版，贪心大起，书店逛得更勤了。后来发现，虽然崇洋媚外之心炽盛，可是毕竟中国书更熟悉，中国书还是没断买。

大学四年读下来，有个习惯一直坚持，每个月都要把城里的书店大致逛个遍。有人会奇怪吧，为什么要每家店都去呢？难道就没一家大而全的书店可供一次性采购么？倒也并非如此。当时虽然没有西单图书大厦这样的巨无霸，王府井新华书店的品种也很全了。不过，当时逛书店的目的，新书固然不忍落下，更要紧的是，常逛的这些书店里，很多有旧书经营项目，淘旧书的乐趣远远大于买新书。一毛钱能淘到精装本顾炎武《京东考古录》，两毛钱能淘到《马尔克斯中短篇小说集》，三块钱能凑足一套十卷本的中华书局版《史记》，如此美出鼻涕泡的事，能不趋之若鹜嘛。

大学毕业后，到出版社做编辑，天天和书打交道。后来还开始写书。书店还在逛，但说实话，越逛越没激情了。一是因为逛书店成了工作内容之一，号称了解市场。二是因为熟悉的书店，绝大部分已在城市大规模建设中消失得无影无踪。到了现在，坐在家里按动鼠标，就会有人送书上门。

其实这些也都不是关键所在，关键在于忙忙碌碌，太多地方需要用心思，没有多少时间与精力留给逛书店了。再说人至中年，不断意识到这世间很多事虽好玩，却已与自己无关，剩下有限的那些日子，目标明确，无暇再作孟浪游了。就是在这种心境下，突然与这份当年的书账重逢，有点小冲动。

停下收拾的双手，一屁股坐地上，饶有兴致地翻阅这十几页书账。仿佛时光倒流，忆起不少往事。继而又想到，我在同龄人当中，读书买书不算少，但也绝对不算多，中不溜儿就最容易有代表性。这份微不足道的个人书账，也是一份关于八九十年代文学、出版、阅读的有点价值的小小文献，真实记录了那些年书店都摆着哪些书，文学界都流行哪些书，又有哪些书在激荡人心……要不趁现在离得还不久远，把能记起的一些细节记下来？或许能引发一些人的共鸣，甚至多少还有点意义。

外一篇

不再淘旧书

年轻时候喜欢逛旧书店，淘旧书。那还是计划经济时代，书店都是国营，卖新书的叫新华书店，卖旧书的都叫中国书店，按当下语汇来说，就是两个集团公司，各有许多分店星罗棋布。

中国书店并非专营旧书，也卖新书的，偏重古籍、碑帖字画类。不过还是以卖旧书著称。尤其是它一些分店，比如灯市口店、隆福寺店、北魏胡同店等等，店面不大，新书只是点缀，旧书堆得密密麻麻，店堂一股陈年书籍特有的味道。记得有一年，台湾老作家赵淑侠来北京，明明家财万贯，偏要住在南城一个很偏很破的酒店，说就图个离琉璃厂近，说她爱死中国书店里那股陈腐的味道，一闻心就醉了。台湾国语说得又嗲又酸，但我当时听了心有戚戚焉。

那时候淘旧书，真能淘到稀罕物。在灯市口店，淘到过不少人民文学出版社那套"白皮书"，都快凑齐了。更分别在几家店里淘到一些名家签名本，大多是作家之间互相馈赠，赠者与被赠者的大名，恨不能都是小学课本上就见到的，可想而知当时发现那一刻的兴奋。

现在不爱去旧书店了，原因也要分主客观两面说。客观一面，出版环境日益宽松，很多原来只能内部发行的书籍，现在堂而皇之，不用再去淘旧的了。再有，现在图书品种大爆炸，新书如山洪奔泻而来，不像当年闹书荒。主观方面，一来不再是穷学生了，新书买得起。二来旧书毕竟不如新书干净整洁，从卫生角度说，淘旧书的危险系数也大一些。

可是细究起来，以上原因都是冠冕堂皇的说辞，有点像打官腔，要害没抓住。真正的原因出在心理上——被旧书现状伤了心。

以前淘旧书，图个便宜。那些卖旧书的人，新书看完迅速卖掉，也是为了换点钱再买新书。如此旧书交易，纯朴自然，不夹带杂质。现在不同了，旧书被当成一种赢利工具。想想潘家园吧，很多人去淘旧书是为了做买卖，低价买高价卖赚差价。网上有专门旧书拍卖网站。我去那里看了看，固然爱书人不少，但是生意人更多。

我知道书和酱油醋一样，都是商品，这没错，但难免因此没了兴致。

以前淘到的旧书里，好多附加内容。书的原主人可能并无转手再卖的初衷，所以会在书上勾勾画画，甚至还有一时兴起的种种批注。买到这些书，透过这些附加内容，猜想原主人的相貌、品性，是一大乐趣。现在旧书店里的旧书干干净净，好像从买的那天起，就是为了要卖掉，很乏味。

我知道读书人都敬惜字纸，以干净整洁为荣，以乱写乱画为耻，这没错，但难免因此没了兴致。

以前淘旧书，一两年淘不到一本名家藏书、作者签名赠阅本；现在旧书市上，不少商贩成捆兜售这样的旧书。乍看叫人欣喜，再一想背后的一幕幕故事，不禁令人伤心透顶。单是我听到的，就有书贩子买通某教授家的小保姆，偷了教授一辈子珍爱的藏书；某著名藏书家临终，嘱咐儿女把书捐给某图书馆，但老人咽气后，儿女们把书分期分批运到潘家园，因为不懂行，原是无价之宝的几千册图书，只收了十几万；某著名杂志社，一位行将退休的主编，因为一些私人交情难违，把杂志社资料室收藏的很多作家赠书一次性处理给废品站，早就等候在那里的那位"交情"

迅速全盘接收。

　　我知道，这些也都是人之常情，水至清则无鱼云云，本不足怪，但我从此对淘旧书一事没多大兴致了。

怀想美好的书店时代

绿　茶（媒体人、出版人）

曾写了一篇《谢谢书店，谢谢书》，怀念我在风入松书店短暂的两年店员生涯和美好的大学时光。

白天在大学校园里上课、自习、看录像、打篮球，去学校小东门外的成府街逛万圣书园、蓝羊书坊，泡雕刻时光，也去海淀图书城，在密麻的小书店和唱片店间流窜，偶尔会发现一些书好价低的书，也买一些品相好的打口带，晚上去风入松地下室上班，像风入松门口挂的那句海德格尔的名句——"人，诗意的栖居！"

那几年，生活单纯美好，从一个书店到另一个书店，我的青春小鸟一样不回来。

2011年6月，传风入松书店倒闭。我当时在荷兰逛书店，荷兰的书店像咖啡馆一样随处可见，听荷兰朋友讲，仅阿姆斯特丹大致就有一百多家书店，而该市只有不到一百万人口。那段时间，每天从一家书店到另一家书店，我爱荷兰每一家书店。再看偌大祖国首都北京，千万级人口，真正值得逛的书店，不足十家。

这些年，书店倒闭已是不可逆的大势，但风入松的退场却让我久久难以释怀，因为这家书店对我有特殊意义，我是从这家书店开始，和书，和书店结下不解之缘。

风入松书店 1995 年 10 月由北大哲学系王炜教授创办，对中国近二十年书店业来讲，风入松的创办有标志性意义。它是当时中国最大的学术书店，引领着一股学术阅读之风。在 1980 年代文化热过后，学术阅读成为当时大学生的普遍需求。王炜本人是"文化：中国与社会"编委会成员，我经常去风入松库房挑书，在库房一角，堆放着许多"文化：中国与社会"编辑出版的书，当时，市面上已经很难找到海德格尔的《存在与时间》、萨特的《存在与虚无》等存在主义经典，但风入松库房里码放着好几千本。我问王炜为什么不拿出来卖，他说这都是宝贝，不卖。

离开风入松后，我最惦念的也是这些宝贝。2005 年，王炜因病故去，他走之前，不知道是否为这些宝贝找到他们的归属没有？如今，《存在与时间》、《存在与虚无》等已版本众多，书店里随处可见，应该没人会视它们为"宝贝"了，而我私下从王炜那里索来的这两本书，几乎没怎么看被我安放在老家顶楼的一个角落，小十年没碰过了。

这算我最念想的书吗？或许，我只是对那个属于书店，属于书的年代的怀想吧。

那是中国民营书店的黄金时期。

当时，北京有五家主要的民营书店。除风入松，还有李世强、刘元生夫妇创办于 1988 年的三味书屋，刘苏里创办于 1993 年的万圣书园，席殊创办于 1995 年的席殊书屋，欧阳旭创办于 1997 年的国林风图书中心。让人高兴的是，这五家北京民营书店先驱，现在还有万圣书园和三味书屋两家存活，并以自己独特的方式存在。

除了北京这几家，全国各地的民营书店也如雨后春笋般野蛮成长，当时比较著名的：上海有严博非创办于 1997 年的季风书园；广州有陈侗创办于 1994 年的博尔赫斯书店、陈定方创办于 1994 年的学而优书店；南京有钱晓华创办于 1996 年的先锋书店；杭州有朱升华创办于 1997 年的枫林晚书店；贵州有薛野、萧然等人创办于 1993 年的西西弗书店；长春有王忠民、吴风夫妇创办于 1997 年的学人书店；漳州、厦门有许志强创办于 1987 年的晓风书屋等等。

整个 1990 年代，是中国民营书店的黄金时代，除了这些耳熟能详的书店，各地还有很多很好的民营书店，构成了那个年代中国的书店图景和阅读景观。

然而好景不长，从新世纪开始，实体的民营书店遭遇各种挑战，尤其是电商的冲击。书店呈现势不可挡的倒闭风。数据显示，2007 年以来，中国倒闭的民营书店有一万多家。过去十年间，中国有一半的民营书店先后倒闭。

1999 年，曾是成都学术书店地标的卡夫卡书店关门；2004 年，开业仅两个多月的大书城百荣书城倒闭；2006 年，思考乐书局北京分店停业，上海思考乐被大众书局接管；2006 年，扬言要做中国亚马逊的全国连锁书店席殊书屋解体；2007 年，上海第一大连锁书店明君书店停业。2010 年，由国林风升级而来，欲打造中国高端民营书店的第三极书局也在艰难坚持了三年多后息鼓；2011 年，曾为北京学术书店地标的风入松书店关店；同年，北京光合作用书店清仓倒闭……

这一连串倒闭不免让人为民营书店的生存担忧，救救书店成为很多人的口头共识，但嘴上刚说完，转眼就在当当、卓越下单买书。即便如此，大多数民营书店还在坚持着对书店的梦想和对书籍的虔诚，努力坚守自己的阵地，做力所能及的坚守。搬家的搬家，流浪的流浪，这些民营书店先驱们，用自己的真心点燃书店微暗的灯光。

有落幕，也有开启。

黄金时代过去，还有白银时代，青铜时代。上个时代，我们习惯称他们为民营书店，这个时代，她们被称呼为独立书店。

频频的书店倒闭消息并没有阻挡对书店有情怀有理想的人继续书店之路。

2006 年初，许知远和一些朋友，投资创办了单向街书店，在圆明园东门外一处僻静的小屋，每个周末，这个小院里坐满了人，看书，发呆，听讲座、沙龙。单向街，以自己的方式开启了书店新模式，不仅仅是书店，她是一个艺文空间。小院僻静，终究还是耐不住寂寞，东移再东移，到蓝色港湾，再到朝阳大悦城，单向街不再是单行道，九年的坚持让这条道越走越宽，单向空间全面升级，爱琴海、花家地陆续新开。

2007 年初，许春宇在万圣附近开张了女性主题书店雨枫书馆，这家为女性定制的书店一开始并不特色鲜明，但几年下来，雨枫的会员制，女性读书沙龙等开展得有声有色，并开启了连锁之路。目前几家连锁店，每周有从女性出发的主题沙龙和读书会，逐渐形成了自己的阅读氛围，影响着越来越多女性读者。

2008 年，时尚集团打造了高端时尚的时尚廊，邀请厦门晓风书屋创办人许志强来执行管理。在繁华的世贸天阶商圈，时尚廊主打港台图书、国外新书和时尚期刊，形成自己独特的阅读目标锁定，店内提供美食、咖啡。有艺文空间，每周末多场沙龙活动，是北京又一处重要的沙龙空间。

2009 年，彼岸书店低调开业，在书店业逆势前行，目前已开三家分店，也是一家融合图书、艺术、茶、咖啡、艺文空间的综合型阅读空间。在北京沙龙氛围越来越浓的当下，有越来越多的沙龙主办机构选择彼岸书店，让阅读多了一个去处。

2010 年，民营出版机构蜜蜂出版在宋庄开了蜜蜂书店，为这个北京最大的艺术区提供了一处阅读之所。蜜蜂出版除了书店，这些年的出版也和书店息息相关，出版了很多关于书店的书，如《独立书店，你好！》、《书店之美》、《北京书店地图》、《中国旧书店》等。

也许我命里注定与书店有缘，如今，我生活的小区有一家书店，2006 年，邱小石、阮丛夫妇创办读易洞书房。这是我心中理想书店的样子，我在很多文章中忍不住推荐"我的阅读邻居"。

这家小小的社区书店，在中国独立书店里却独树一帜，获得过"中国最美的小书店"称号，也越来越成为北京书店地标之一。虽然位处北京东五环外的郊区，但对于书店寻访者来讲，却多了一份寻访的乐趣。台湾书人钟芳玲女士，她的《书店风景》新版发布会在单向街圆明园店举行，会后，她点名让我带她参观读易洞书房。

两年前，和同为邻居的学者杨早，老板邱小石提议在读易洞书店成立读书会，我们仨一拍即合。读书会取名为"阅读邻居"。如今，阅读邻居已举办 26 期，获得过北京十大阅读社区、伯鸿书香奖等，已成为有一定知名度的读书会品牌。

七年来，读易洞几乎没什么变化，有些书甚至在某个位置一呆七年，没人翻过；有些书已经再版过很多次，书店里那本还是一版一刷；有些玩意儿也始终占着它的

读者篇

083

位置，守着这一片书香，上面落满尘土，擦掉，又落上。

七年来，读易洞又有很大变化，书越来越满，玩意儿越来越多，阅读邻居等线上线下活动相继开展，影响力和口碑也从小小的社区扩散到大大的社会。

这是中国独立书店一个独特的存在。

邱小石在他一篇文章结尾说："七年前想到了它肯定还在，没想到它那么好。"

我借来做这篇文章的结尾：七年前说它是理想的书店，没想到它那么理想。

外一篇

谢谢书店，谢谢书
——我短暂的书店生涯

我至今都回味曾经度过的两年书店店员生活。

随着网络书店的兴起，实体书店的生存越来越艰难。我曾经工作过的那家书店，在经历大环境的影响和各种事态的变迁后，已经渐渐淡出人们的视野，很少听到人们再提起，我也很久没去书店看看了，曾经的同事和熟人想必也都离开了。

回到十多年前，这是一家名震全国的学术书店，老板是一位哲学教授。

书店就开在我就读的大学南门外，我几乎天天来报到，但很少买书，只在书店里抱着书狂啃，来回地溜达，对书店的格局和书的分类搞得清清楚楚，甚至比书店有些店员还清楚。所以，当在老师的引见下成为书店一员时，显得很得心应手。

面试的时候，我对西方哲学书的了解让老板对我很有好感，也因此，成为店员后，一开始就被安排在哲学区，我的书店生涯，就从这一亩三分地开始。

每天，上班的时候我喜欢埋头整理书，经常弄得满头大汗，但是一点都不觉得辛苦，反而特别幸福，这种幸福感很有持续性，两年来，一直伴随着。

我有自己的分类法，同一种类别的书，在一格书架内，以开本大小左右排开，经我整理过的书架，总是高低分明，读者抽书翻阅后，看着高低平整的书架，会自觉地把书插回原位，如果有些书不在原位，我会马上发现，并及时插回原位。也因为这样的偏执，我特别见不得其他区域书架上长短高低不一的摆放，恨不得去一一整过。

我发现，自己亲自从架子上一一拿下，再一一上架，这个重整的过程就和书发生了特殊的关系，能对这本书有深刻的印象。很多书，放在架子上，或者看着书名，本来是没有兴趣的，但拿下来翻一翻，再重新放上去，你可能就发生兴趣了。比如，语言学的书，我以前是一点兴趣都没有的，但重整的过程让我对这类书发生了很大的兴趣，并且愿意去阅读和了解。就这样，我的活动区域越来越大，感兴趣的书越来越多，去各个区域拿上拿下的动作也越来越频繁，我觉得，这种反复和书发生关系的动作，就是一个书店店员的基础工作。

时间一久，我和书的关系越来越密切，对店内的书也越来越了解，脑子里有了一个自己独特的搜书定位系统。这套搜书系统帮了我很大的忙，能给读者提供更快速便捷的搜书服务。渐渐的，有读者找书，同事们通常会引到我这儿来。

老板也是个懂书之人，他经常在店里转悠，对店内的书也许没我了解，但他对书的分类和摆放和我有很多共鸣。他主要比较关心哲学区域的情况，作为学术书店，哲学区域自然是重点。而我的整理术，可能基本达到他的需求。

后来，他让我负责前面的展台，就是在全店范围搜寻各种好书，在书店最显眼的展台上排放。这个工作颇具挑战性，非常考验我的选书能力，而且要勤于更新，看到卖不动的书，当即撤下。如此反复，我的选书能力也在工作考验中得到很大的提高。

说实话，这个安排的确让我很有成就感，看着读者认可我推荐的书，一本本拿着读，然后买下，心里非常高兴。这或许就是最初阅读分享精神给我带来的感触吧。

然后，我被安排负责店堂全面工作，也叫店长，这个工作其实和以前没多大改变，除了给店员排排班，接待一些来代销自己书的作者和出版商外，主要内容还是管好展台推荐书和帮读者找书。

说到展台，需要再补充几点。这是好书展示的平台，也是书店的门面。读者进来书店，最先会围绕展台逛几圈，很多老读者基本上只逛完展台，找到自己想要的书，就买书走人了。所以说，展台的更新和展示非常重要。我除了每天要从各区域搜索好书外，还要及时和库房对接，以了解最新的新书到货情况，好第一时间获得新书好书，丰富展台的魅力。

我经常还会跑到在远郊的库房去自己挑书，经常能发现很多意外的好书被埋在拥挤的库房中，延误了展示的时间。我愿意去库房，还有一个自己的私心，因为库房里有很多书店以前卖过的旧书，绝版书，经典版本等等。这些书的价值老板心里清楚，所以，都在库房存着。

说个让大家惊讶的。老板曾是"文化：中国与世界"编委会成员，这个编委会编选的"现代西方学术文库"想必大家都很熟悉，其中，1987 年版的海德格尔《存在与时间》早就绝版了。但老板盘下好几千本《存在与时间》，一直整齐地摆在库房的一个角落。同时，还有好些"现代西方学术文库"的其他绝版书，都让人很垂涎。

说远了，再说这展台。是我在书店的主要阵地，每天看着展台上的书在慢慢变矮，看着读者在展台前认真地翻书，选书。这样的场景，后来自己逛书店时经常都在回味。当自己在书店展台前翻书看书时，是否也有店员在注视着我，像我当年一样带着分享的喜悦呢？

再后来，我还在书店的营销部（主要做图书馆团购）和采购部（主要负责订书）呆过，在营销部时，主要盯着一些大客户和图书馆，以团购的方式把书推销给对方，这个过程很商业，没有丝毫的分享乐趣。

在采购部时倒比较挑战，因为这个工作就是替书店订书，其实也就是为读者选书，也参加过全国范围的图书订货会。但那个时候，只能凭自己的直觉和素养了，虽然自觉很有信心，也满足于自己的选书标准，但整个过程和书很远，只在书目上打钩或画圈，或者和出版社发行人员进行面对面的交易。

所以，我还是最怀念做店员的时光。

这短短的两年让我对书有了最深切十足的爱，对阅读分享精神有了最深刻的认同，并充分感受到分享阅读带来的幸福感。

谢谢书店，谢谢书！

盘桓潘家园

任剑涛（学者）

每周六，我会一改一周几乎天天晚起的慵懒，早早从床上爬起来，匆匆吃点东西，急忙赶去乘坐地铁十号线。目标：潘家园。

潘家园是我近两年淘书盘桓之地。曾经隐然消逝的淘书之乐，借周周盘桓潘家园，回到了我的日常生活中。说起来，从我住地的北三环西路，一路奔袭，到东三环南路，还真个是路途遥远！这路途，自然不是说地理距离的长短，而是说心理距离的远近。这年头，人们几乎都在网上书店买书。足不出户，心仪的图书到手。况且网上书店折扣较大，方便又划算。人们何苦满城窜去找书呢？！

从北京西城窜到东城，只为潘家园的周末书市。这个买书劲头，实在是太大了，大到有时候我自己都觉得有些莫名其妙。是少小养成的习惯？还是经年伴书的陋习？或是专业工作落下的病症？虽不得其解，但实在觉得潘家园有这个魔力，把我这个书迷的胃口吊得老高。其实，我自命书迷有些腼腆，甚至应该脸红。我买书不为搜求文物一般的罕见书籍，更不愿意付出太高的书价，搜罗的也都是我的研究需要的一些专业书籍。买便宜，是我去潘家园淘书的最大动力！

几乎每个周六去潘家园淘书，潘家园不负我，总是让我能淘到十本以上便宜的好货。珍贵自然是说不上，但绝对符合我的研究兴趣需要。这就足够了。更为重要的是，相比于新书店买到人人唾手可得的新书，到潘家园这样的旧书集散地淘书，可以得到购买新书不易体会得到的独占之乐！上到书店架上的新书，复本甚多。潘家园书市，一家摊档，一般是一书一册，多是独本，在人人争抢之际，夺人先声，成功购入，满足感无需多说。

潘家园的书市，凌晨有"鬼市"。这自然是我赶不上的了。我淘书有一种吸食鸦片的劲头，但从来没有一种与天争亮的豪气。每每到潘家园书市，已是上午九点左右。看着那些从全国各地赶来买卖图书的客商、书痴，已经忙忙乎乎地打包，心里总是有些失落：好书早被人买走了。不过，潘家园总是不负有心人。在书商、书痴淘过一遍的地摊上，还是能发现不少与我研究算是有用的书来。

偶尔，在潘家园也能淘到一些专业有用，算是市面上少见的图书。王铁崖编的三卷本《中外旧约章汇编》，就是因为我在潘家园以20元淘到一册，然后再到孔夫子网买到另外两册而凑齐的。"文革"中出版的一些人文社会科学译著，在潘家园就更是容易淘到。改革开放初期出版的古籍和西方名著，是我这类在潘家园想凑齐一些专业必备图书的买书人，最能满足心愿的图书了。商务印书馆的汉译世界名著丛书初版书，就有不少是在潘家园淘到的。这些书，便宜的仅只三两元钱，贵的也就是十来块钱。

潘家园书市的开放性是自然形成的。有买贵入藏、搜求瑰宝的，有待价而沽、

读者篇

089

等待升值变现的，有纯粹满足藏书之乐的，不一而足。像我这样专买职业上有用的图书，恐怕不在多数。不管这样的淘书，有没有高尚的动机，甚至是仅有职业的功利心态，但潘家园确实供应了数量充足的有用之书。

近两年，随着台海两岸政治气氛的宽松，潘家园的旧书市上也出现了一些台版学术书。这是以往少见的。一些政治掌故和政坛轶事的台版书，偶也见到。只不过我一向对这类图书心存疑虑、不愿信从，因此从不购买。倒是一些台湾学人下过功夫的学术书，我愿下手。说下手购买，是由于潘家园书市的老板们，几乎不约而同地抬高港台版学术书的价格。很难说他们懂得这些书的价值，抑或是他们太懂得这些书的价值，只要看是港台学术图书，价格一定杀不下来。不久前，我买到一本台湾"中央研究院"学者写的《孝治天下》，书摊老板死活叫价八十、一百。因为正好需要，也就只好狠下心来，放入购书小车。不过，相比于所谓"正常渠道"的进口港台学术图书，这价格还是划算得紧。

潘家园淘书，不只是享受淘书之乐，还可享受其他的乐趣。我的家人、小孩，间中也随我一起到潘家园游逛。尤其是我小孩，从三两岁开始，到现在将近九岁，经常随我逛潘家园书市。开初，小孩连翻书的兴趣都没有，我在书摊走走停停，她就总是说累了、困了，想要我中断淘书，陪她游玩。在淘书中成长的她，这两年也开始加入家庭淘书队伍。只要一到潘家园，她就会随自己的兴趣所在，到书摊翻阅小人书、画册。乱翻书的结果，居然让她在妈妈备课写到苏格拉底、凯撒的时候，给妈妈提供某本书里写了两人的参考书线索。至于乱说中外故事，那就更是她在潘家园瞎逛乱翻的收获了。只要我带她逛潘家园且收获颇丰的时候，她也总会说是我的淘书福星，少了她，爸爸就淘不到书咯！

几乎每周六的潘家园淘书，已经成为我京城生活难以割舍的一部分了。我经常胡乱翻书的时候，一不留神，就会拿起一本在潘家园淘到的书来。尤其是在写文章、弄专著的时候，更会用到潘家园淘来的著作。心中那个乐啊，像浪花翻腾起来。我常常想，在这个网络阅读的时代，兴许我辈已是最后的纸张崇拜者了。与电子阅读相比，纸质书似乎越来越不受市场的青睐了。在潘家园淘书，大多是中老年人，很少见到青年人。若是偶遇一二，大多是买教材的学生。这兴许是阅读的代际分界吧？！

在潘家园淘书的老年书痴不少。这些书痴，嗜书如命。有时，我会碰到老年书痴与书摊老板面红耳赤地讨价还价，三五块钱的议价，绝不相让。偶尔老板固执，多数是老年人执着。我想，这不只是书的价钱问题，更多计较的是这本书所值几何的判断。一次，更是看到一位年纪估摸早过七十的老人，一周前在潘家园买过一本日汉词典，一周后到书摊要求退货。在退货的时候，却发现一本更翔实的日汉词典，于是要求加上少许银子，换购这本词典。女老板说啥也不干。两人争抢起来，老人一下子跌到。吓得周围人赶紧扶起老人，批评书摊老板小气。老板也吓得不轻，拔腿就跑，一边跑一边请侧边的老板帮忙守着书摊。倒是跌到的老人从容地站定之后，拿起那本词典，放下差价，融入茫茫购书人群之中。说不清楚这究竟是趣事轶闻，还是购书悲剧，但无疑丰富了潘家园购书的记忆元素。

我的购书行当颇接近农民工：一辆在地坛书市淘书时购得的、颇显破旧的蓝色小推车，内装一本记得密密麻麻的购书笔记本，外带一支用以记录已购、待购书目的签字笔。每次这么上得地铁，总觉得有人投来异样的目光。或许是心虚，或许是想向人表白而不得的压抑，心里有点怪怪的感觉。在一个以衣帽取人的时代，不知这属不属于正常的心理反应？！但只要在潘家园购书归来，碰巧有个座儿一坐下来，我便会心情释然，在地铁里旁若无人地一本一本地翻起书来，好像刚刚打了一场胜仗的士兵，心无旁骛地欣赏自己缴获的战利品。

潘家园的书市，一般是周六、周日两天开档。别小看两天之差，周六、周日的图书质量，那简直可以说是差出个天渊之别来。周六来卖书的书摊老板，指望以好书卖个好价钱，因此书的质量、书品一般都不错。周日书市，老板大多采取甩卖策略，以销量保收益。最初我到潘家园淘书的时候，不分周六周日，选哪天稍闲，便哪天前往。后来才发现，周日收获与周六相比，不可同日而语。于是，周六淘书潘家园，才成为不定之规。

到潘家园购书，其实是我购书败退的结果。六年前我来京工作时，不大去潘家园。那个时候，去潘家园还只有坐公共汽车的份儿。太远，太麻烦了。地铁通了以后，起初也不经常去。不是不爱书。而是因为我供职机构的附近，有太多书市，徜徉其中，已经可以满足淘书之乐，得到研究所需的参考图书了。近两年，北京的书店业大大衰颓。先是海淀图书城的溃不成军。这里，是我以往在广州工作到京出差淘书的必去之地。近两年衰败得不成样子，新生代不太热衷读书，乐意电子阅读，可能是这里衰败的主因。但经营的问题也不容否认。不过衰败就是衰败，一个淘书人也无可奈何。只是这里不再成为淘书的去处了。连书城由国家主席题写的牌坊"中国海淀图书城"，也悄然换成了落地牌匾的创业城了。曾经依附在这里的地摊书市，也几乎消失殆尽。更让人唏嘘不已的是，主导海淀图书城的中国书店，近两年大大收缩地盘，只留下一间店面，而且从三层楼经营图书，变成仅剩一层楼经营图书了。其价，形同买卖文物，贵得让人难以负担。北京的图书业明显衰落了。

海淀图书城的附近，原有北大小西门内的周末旧书市。相比于仍然在经营中的、我供职单位的旧书市，北大书市品种更为齐全，书的品质也高出许多。价格，自然也就明显高出一截。我刚刚到北京工作的时候，每周周末淘书，必去海淀图书城、北大周末文化市场、人大周末旧书市。去年就只剩下人大周末书市了。店家数目，也逐渐减少。书的数量和品质，明显不如以往。听书摊老板说，中国书店有意转向非图书经营项目，因此卖的书不仅越来越少，价也越来越贵。而北大书市的倒掉，听说是北大老师不愿学生在书摊买到便宜的旧教材，以致不愿意购买新出的教材版本。这些话，自然只能一听了之，不辨真假了。否则，岂不是自讨苦吃，得不到自己内心认可的答案不说，还会得罪相关人等。

往年还每年盼望地坛书市开张。颇显规模的地坛书市，新书打折，旧书充栋。相对于海淀的书市，贵是贵了不少，但每次收获绝对不小。前两年，地坛书市停办，据说是主办者亏不起本，不得已宣布停办。北京转而在朝阳公园办起了据说是堂皇不少的国际书市，名头大了不少，但一直参加地坛书市的部分旧书网的缺席，让朝阳书市逊色不少。即便如此，我还是经不起诱惑，逛了最近一期的朝阳书市，新书不少，旧书繁多。新书不太需要到书市购买，旧书价格令人咋舌，收获少许，打道回府。

于是，我败退到潘家园。

败退到潘家园，一者是说购书地方的大大减少，二者是说购书之费时费力。但"敌退我进"，败退到潘家园淘书，反让人生出一种不淘到一些需要的图书决不罢休的劲头。周六的淘书，常常是久久盘桓潘家园，不是消磨时光，而是与书较劲儿，誓要淘出几本有用的书来才善罢甘休。书市少了，劲头大了。淘书之乐，不降反增。多谢北京还有潘家园这么个地方。

常常在潘家园听书市老板聊起这块地方政府要另派用场，是耶非耶，不得而知。站在政府的立场上想，这块风水宝地，随便派个地产房产、大型商业用途，可能收到更为丰厚的税费回报。心里估摸，即便我这个书迷去从政，也会这么做吧？想到这里，暗自神伤。但愿最后的购书"圣地"潘家园，不要这么快地退出北京的文化天地。

惦记潘家园。周六又要早早去赶地铁十号线了……

淘书再无乐趣

思　郁（书评人）

　　我在北京淘到的第一套书应该是卡尔·波普尔的《开放社会及其敌人》（中国社会科学出版社1999年版），购于北京大学内的旧书店，名字已然模糊，折扣却很清晰，因为五折优惠价对一个穷学生来说已经是很大的折扣，时间是2002年暑假。

　　在我曾经就读的城市大连，看似风景秀美，引游人无数，其实是个不折不扣的文化沙漠。薄都督管理大连期间，把大连打造成了一张明信片，吸引了无数外来旅游者，但文化上确实没什么建树。也许是我辈目光短浅，只拿大学和书店的经营状况来衡量一个城市的软实力，当时的大连基本没有什么好的书店，在我毕业前夕，据说三联书店在东北财经大学附近开了一家分店，当时忙着找工作，一直也没机会。那时网络初兴，网上购书还未通行。除了在几所大学附近能找到零散的几家书店之外，我把购书的机会留在了暑假路过北京的时刻。

大学四年，除了有一年暑假打工留在大连，其余几年回家都会从北京转车。我的同学当时就读于中国矿业大学，在海淀区学院路，附近有中国语言大学、石油大学、清华大学、北京大学，都不是很远。第一年暑假过去的时候，买了一张地图，大概知道北大和清华的位置，借了同学的自行车，一个人慢悠悠地晃过去。那虽然不是我第一次去北京，却是第一次有意识地寻找学校附近的书店。在清华校园了逛了半天，没有发现感兴趣的东西，只觉得学校好大，比我就读大学大了好几倍，而且完全开放式的校园环境，羡煞异常。

北京大学与清华相比多了很多柔美，现代建筑之外，有很多保存完好独立存在的院子，红墙高耸，一个个大门紧锁，从围墙上能看到里面的树木扶疏，微风乍起，翠绿的叶子在阳光的照耀下，晃得人心一漾一漾的。当然，当时最想看的是未名湖，在太多书中读到它的样子，第一次去到湖边，临风独立，愁绪满怀。当时我正追初恋的女友，两人高中毕业后，分别在不同的城市，鸿雁传书，总觉得词不达意。我印象很深的是，当时从北京大学回到矿大的住处，给远方的女友写了一封信，大意是说我去了北京大学的未名湖畔，在那里想了很多我们的未来云云。那封信让我收获了大学里最甜蜜的爱情。

在北大校园里看到很多旧书店，一家家挨着搜罗过去，真是觉得开了眼界，很多都是自己想买的书。怎奈农家子弟，囊中羞涩，权衡之下，只买了一套波普尔的《开放社会及其敌人》，上下两卷。这套书原本是读过的，正因为读过，才觉得一定要再买一套。波普尔是我接触西方思想的起始，当时我大学图书馆里埋头苦读18卷的《鲁迅全集》，晚上回到宿舍就借阅旁边宿舍朋友的书。当时读《开放社会及其敌人》是一种偶然，这种偶然却引起了我对西学的极大兴趣，逐渐阅读的重心转移到了波普尔的开放社会和他的科学试错理论，然后又扩展到这个系列"西方现代思想丛书"中的哈耶克、米塞斯等人，后来经济上稍微宽裕，尽量把这套书收集齐整，但是除了波普尔和哈耶克，其他人的著作并没有对我的思想产生如此重大的影响。

1980 年代出名的几套丛书中，金观涛主编的"走向未来"侧重科学精神，"中国文化书院"侧重弘扬传统文化，而刘小枫与甘阳的"中国：文化与世界"编委会策划的几套丛书侧重西学，这是我思想启蒙时期着重翻阅的系列丛书，"现代西方学术文库"、"新知文库"与"人文研究丛书"等等，都让我的阅读与眼界大开。几次暑假来往于北京之间，海淀区的书店搜罗了不少。那时候，印象很深的除了北大旧书店，就是中关村图书大厦，楼上基本是新书，地下一层是打折的旧书，从那里找到自己不少感兴趣的书。不消说，买的并不多，挑挑拣拣，总是在买这本还是收那本之间犹豫不决。都是自己想要的书，取舍之难，至今想来仍然戚戚。

现在想来，当时对万圣书园并不了解，几次去都没有光临。因为不认识北京的书友，只能根据自己的印象在海淀区附近闲逛，孤陋寡闻倒也不奇怪。毕业后回到郑州，几番奔波，从郑漂一族慢慢稳定下来，基本很少出门了，活动的范围也限于郑州本地的书店。经常去的地方是郑州两家三联书店——太康路上的三联书店也消失了——以及淮海路的古玩市场——古玩市场的二楼是淘卖旧书的地方，说是旧书也只有寥寥几家，大部分的摊位都是教材。仔细选选，还是买到不少好书，10 卷本的《余英时文集》和 12 卷本《马克斯·韦伯选集》，都是在那里慢慢凑齐的，还有不少作家的文集。而在当时，并不常去郑州著名的城市之光书店，一个是距离住处太远，另外还是因为新书太贵，捉襟见肘的生活，需要紧缩衣食。

毕业后的几年里，工作和生活稍稍稳定之后，有次应出版社的朋友之约，去北京小聚。因为都是爱书人，就一起去了万圣书园和对面的豆瓣书店。当时豆瓣书店很火，很多出版社的库存新书，基本都是五折左右，没想到店面如此小，相对于万圣书园的高大上，真是有点寒酸了。但是门脸不要紧，重要的是书很便宜，而且有很多自己想要的书。那次应该是有点积蓄之后真正痛快地买书吧。选了不少"拉丁美洲文学丛书"，还有"二十世纪世界诗歌译丛"，印象很深的是里面的套间内发现了一套十卷本的《吴宓日记》，拿起来，又放下，放下又拿起来。犹豫再三，咬牙跺脚，一步三回头，恋恋不舍，最终还是没舍得买。已经打了两包书，再加上《吴宓日记》这一包，估计我根本没法背回家，而且手头的钱还得保留一部分。那是我进去的第一家书店，还没有去万圣书园，已经买了两包书，真不知道如何是好。

在豆瓣书店逗留了大半个上午，但是接着去万圣书园并未待太久。我自己都觉得意外，这是心目中最好的书店，早已是久仰大名，但是进入二楼的书店大厅之后，突然觉得自己有点像患了恐惧症似的，倒吸了一口气。虽然这是一家让无数读书人都景仰至极的好书店，但是给我的印象却并不好——书太多，书架太多，眼花缭乱，眼睛看不过来，手也抚摸不过来——不是他们的书不好，而是因为他们的书太多太好了。如果是像新华书店那样的书店，就算有一栋楼的书，我也不稀罕，因为知道其中能找到自己感兴趣的书实在太少了，根本构不成任何心理压力。但是在万圣书园，第一次我感受到一种扑面而来的威胁——所有的书都是自己渴求的书，所有的书都是自己想买的书，所有的书都是自己感兴趣的书，一排排，一架架，高耸入屋顶。就仿佛博尔赫斯笔下的宇宙图书馆，看不到边界，看不到尽头，知识第一次以无边海洋方式击中了我。这么多的书，我穷尽一生，又能够读多少呢，想到这里，望着一排排书架，片刻有种绝望的眩晕，知识的威胁。万圣书园的存在，让我意识到了人类的渺小，知识的浩瀚无垠，而我们的阅读极力抓住的只是宇宙图书馆中的一个瞬间。任何阅读都是碎片化的，这是它的本质，这是对苏格拉底那句"人要认识到自己的无知"的最好呼应。

在万圣书园我并没有买一本书，只是跟友人闲逛。书园的入口处也有打折书，但并不多，还是新书为主。从万圣书园出来之后，觉得自己已筋疲力尽，再也不想逛其他书店，找个地方吃饭，闲聊，才逐渐恢复了一些精神，拎着自己的两大包书，打道回府。多亏出版社的朋友帮忙，她说我坐火车背着两包书实在不方便，倒不如让她通过出版社发物流过去，我可以轻松一点。我犹豫了一下，主要是不想麻烦朋友，但想到自己的行李，这么多书，也只好答应了。现在想来我还觉得不好意思，只会给别人添麻烦，临走之前还厚着脸皮要求她送我一本《康德传》。

去年的时候，曾经去拜会郑州的翻译家戴大洪，这些年他翻译了不少好书，威廉·夏伊勒的《第三共和国的崩溃》、卡萝尔·斯克莱尼卡的《雷蒙德·卡佛：一位作家的一生》、安妮·阿普尔鲍姆的《古拉格：一部历史》等等。戴说他家中所有的书在品相上有着严格的要求，绝不会接受任何通过快递寄送的书。每次去北京，他都在书店严格挑选那些品相近乎完美的书，一本本背回来。他不信任快递，不信任那些对书毫无认知和爱惜的送书人。我当时想，这个苛刻的习惯，有多少年轻人会遵守呢。网店勃兴，书店隐退，购书成为了点击下单购买的机械性行为，至于通过物流和快递送到手中的书，我们无法预知中间经过了多少残暴的蹂躏，更不要提对书的品相有着严格的要求。书变得越来越廉价，越来越不受重视，就像一件无足轻重的商品一样，失去了它的神圣性和独特性。我们对知识的蔑视，与我们对待书籍的这种愈发轻慢的态度之间，是不是有着某种关联？

更重要的变化在于，随着书店一家家关门倒闭，当年淘书的乐趣已经荡然无存。2013 年 10 月，好友曹亚瑟让我陪他一起去苏州游玩，回程之际，我们到上海转机，特意去了趟福州路淘书。本来淘书是我们最大的乐趣，但是等我们在福州路一路行进时，发现对逛书店根本提不起任何精神。不是我们不喜欢书，恰恰相反，是我们太喜欢书了，以至于最终我们都要占有喜欢的书。通过各种渠道搜寻到自己想要的书，直到占为己有才算结束。当我们在书店走动时，目光扫过一片片整齐的书架，没有发现一本自己感兴趣的书。大部分想要的书，我们已经买过了，在家里的书架上安静地搁置着，那些不想要的书，再也不想多看一眼。而且，以往淘到一本好书的意外惊喜，那种拿到手中心怦怦乱跳，生怕这个时候有人抢走的感觉，再也找不到了。

曹兄家里有两个书房，现在开始抢占阳台的公共地界，而且他办公室也堆满了书，总共下来有两三万册，真正的属于坐拥书城，俯仰天地，乐在其中。我家里也有将近一万册的图书，因为没有空间放置书架，只好堆在地上。而且现如今还源源不断地增加。淘书的乐趣源于匮乏，源于我们没有资金和渠道找到很多自己想要的书，于是每次遇到一本都要不停地纠结。就如同我很久之前买不起书，每次去书店，总会摩挲一下那套烫金皮的精装本，但是每次只能恋恋不舍地放回去，然后安心告诉自己，下次过来再买。这种忐忑不安，焦急如蚂蚁，又恐怕下次有人慧眼识珠，比我先买走的百感交集的心情，构成了阅读焦虑的前奏。但是这种乐趣已经索然无味了。因为我基本能买到自己想要的任何一本图书。欲望一旦轻易得到了满足，前戏就变得无足轻重。我们丧失了一种淫逸的天真。我们为失去的东西怅然若失。

张爱玲引苏青的话说：做一个女人，看着屋里的每一样东西，包括小钉子，都是自己一手买的，又有什么乐趣可言呢？

这也是一个书虫的困境：做一个书虫，看着屋里书架上每一本书，包括堆在地上的，落满了灰尘的，每一本自己想要的书，都是自己一手买的，又有什么乐趣可言呢？

小书店

唐　山（媒体人）

还是 11 年前，一进天通苑大门，就是一家书店。

店开在临街居民楼一层，加上地下室，大概 200 平米。那时天通苑还是"睡城"，没通天然气，早晨开车上班，堵上四五个小时是常事。

朋友都诧异地说：你怎么跑这么远的地方买房？

说实话，是想退休了。天通苑的房子大，门口还有一棵冬枣树。我所在的那栋楼，只有三成入住率，喜鹊总飞到院子里，叫声惊世骇俗。

常常在小院里看到刺猬，第一次知道，它们原来也是会叫的。邻居家小院里一片荒芜，孤独地长着一根大葱，上面球形花朵嚣张地盛开着。显然，房主住过一段时间，终因交通太不方便搬走了，房又租不出去，只好先空着。

夫人咬牙切齿地说：把那根葱拔走吃掉算了。但我担心，有一天人家会托着大饼，急急忙忙来找他的葱。

另一家邻居在院里、公共绿地里种了7棵杏树、7棵樱桃，杏花开时，灿若艳霞。孩子很少回来，只有老夫妇带着外孙女，这些树是他们特意从山东买来的，据说有美国血统，见了谁，老人家都会高兴地说：等秋天吧，那时就结果了。

我是怕逛书店的。

逛书店，就要花钱，这次战胜了诱惑，下次也会败下阵来。故意视而不见了一年多，接着就有了孩子，接着就习惯天天去书店转一圈。

书店很小，居然有半墙商务印书馆的"汉译名著丛书"，几次想买店里的那本钱穆《中国历代政治得失》，看看定价，又有点不舍得，踟蹰之间，居然也就站着看完了。还曾惦记过李提摩太的《亲历晚清四十五年》，幸亏没多久，店主便将其收走，再想找也找不到。然后是孙隆基的《中国文化的深层结构》，其实已经看了大半，最终还是买了。

读书的人多少会有一点洁癖，希望换本干净的，但店员坚决说：没有了，你这是最后一本。

正赶上冬天，穿羽绒服，口袋甚宽，刚好能放下一本书，看它缩在里面，没有打折的不快因之烟消云散。店员给我办了会员卡，以后可以八折，他说，书店正在建网站，今后更方便。

为拉人气，小书店还办了免费的儿童培训班。

但，计划中的网站始终没建成，儿子长到三四岁时，小书店里多了家复印店，接着又挤进了一家设计公司，三间房只剩下一间，好在还有地下室。

复印店里卖盗版光盘，但比别的地方贵 1 元，更新还慢。做这路生意，那时天通苑遍地都是竞争对手，也没人管。一家盗版店的女老板刚从美国留学回来，能和一切陌生人纵论半小时中西文化比较，语速之快，绝不留插嘴空间，所以我始终不知道她家光盘价格如何，以她的才能，如今怎么也该闯进"天通苑五百强"了吧。

后来，小书店的地下室也悄悄设了一个摊，买盗版光盘花的钱，肯定比买书多，可惜好景不长。

互联网火了，盗版也就完了。

再逛小书店，"汉译名著文库"已悄悄撤去，地下室只有育儿和教辅，买韩毓海《五百年来谁著史》时，我早就找不到会员卡了，店员一脸不耐烦，问了我姓名，在电脑前鼓捣几下，以示他们是有登记系统的，然后直接给打了八折。

不知从何时起，天通苑的人多了，我们楼里没了空房，还出了好几家合租，楼前停车坪曾是儿子疯跑的操场，现在空位难觅，因为乱占他人车位，已举办了好几届拳击赛。

种杏与樱桃的两位老人家好像从没收获过，总有人偷摘，到成熟季节，树叶都所剩无几。春天时，不知道谁把一整条杏树枝杈给掰了下来，足有一人高，密密麻麻开满杏花。摘花的人不是为了观赏，仅仅是为了破坏，因为随手就丢在了不远处的地上。

尽力去破坏这个世界，只是为了满足片刻的冲动，年龄越大，对人性便越感失望，便越会觉得，拯救遥不可及。

再也见不到刺猬们了，由于"疯小叶病"，门前的冬枣树也死去经年，它的树桩一直留在那里，让我想起它的果实异常甜美，打枣时，儿子兴奋地跑来跑去。枣树的叶子像曾经过水的纸，永远皱皱巴巴，所以才会在风中沙沙作响，"簌簌衣巾落枣花"了许多年，小如轻尘的枣花，细闻才知馥郁非凡。

一次雷阵雨，天通苑被吹倒数千棵树，在微信中看到这个消息，暗笑半天。回家时，才知道那棵死去的冬枣树也被吹倒了，它默默地成了异闻的一个组成部分。

小书店终于完全搬进地下室，空出来的房间改卖服装，连书店的招牌都被取下。

没有招牌，谁知道地下室里还藏着家书店呢？偶尔去逛逛，但八折的价格还是偏高，所以只是抄抄书名，回头上网买。曾下决心要买2本赫塔－缪勒的书，可回来一查，网上有10本全套的，只要六折。

算了算，这些年在网上已经买了1500本书，绝大多数没看，网络犹如自助餐，瞬间将人的贪欲激发出来，当我忘了自己究竟需要什么时，有没有这次人生，其实已无分别。

我们这一代人注定如此，曾经的痕迹都被擦除了，剩下了一个没有过去、永远崭新的世界，这是最好的培训所，它教会了我背叛、遗忘、麻木和冷血。活下去，就得交出回忆的权力。

大概是去年，下班时，小店门口支起了行军床，许多书摊放在上面，只卖 5 元一本。呆立片刻，居然还有那本《中国历代政治得失》，我拿了起来，又放下，确实太脏了，连我这样的粗神经都接受不了。

我想，这该是小书店的关张仪式吧？

后来又去过一次小书店，所有的地方都租给这家或那家公司了，在一片奇怪的眼光中，我从楼上到楼下盲目地转了一圈，早想到结果，却依然要多此一举——小书店终于在这喧嚣的时代中，沉没了。

走在回家的路上，走过卖天津烧饼、茶鸡蛋、水果的游摊，好几个年轻人脚踏"两轮自平衡车"飞驰而过，真是很像风火轮，居然还闪着光。

一万年后，我们都会成为什么？

突然想到：这世界，真曾有过一家小书店吗？真曾有过我吗？

书店十年

贺　越（媒体人）

十年前来北京，住在西单新文化街。晚间漫步到街口，发现一个古色古香的门脸，赫然挂着"三味书屋"的字样，于是就成了常客。那家书店不大，但在长安街寸土寸金的地方，绝对是个异数。走进书店，会感受到一种老旧的传统书店的味道，但是书店收拾得很干净，窗明几净，大有一种闹中取静的意外。后来邂逅那家书店的主人，也是一位爱书之人，和书店的气质天然的吻合并统一，真是啥人开啥店。

那时候，每个周末的时间，我会经常光顾流连于此，在距离长安街一步之遥的地方，也找到了自己的一个精神家园。

十年来，和书店的缘分更多是因为职业的要求。做读书节目主持人，不逛书店，就像厨子不逛菜市场，时尚大师不参加时尚周。因而书店生活是我职业生涯中极其重要的一部分。也因为我身边的书店的存在，让我在北京的十年漂泊生活，有了那么多难忘和精彩。

沿着三味书屋往东北方向走一点，就是北京图书大厦。我多少次在那的一层东厅主持新书发布的活动，认识了更多的作者和主办机构，也结识了不少新朋友。

后来搬到东边住，三味书屋去的很少了，但是东边的光合作用、单向街书店，成了我经常光顾的地方。和这两家书店气质最像最奢侈的应该算是已经倒闭关张当年位于东单的思考乐书局。那家书店结合了传统书店的大和如今独立书店的个性，给读者的阅读体验以更多尊重，给书店营造了更多书韵。唯一书店时运不济，没做多久就因为运营问题关门了。

十年来，我的脚步跟着各家出版社、文化机构的新书发布会、文化沙龙，停驻在西边的万圣书园，早期的风入松、国林风；停驻在涵芬楼、雨枫书馆、三联韬奋书店；停驻中关村图书大厦、亚运村图书大厦、王府井图书大厦、百万庄图书大厦；还停驻字里行间书店、彼岸书店、读易洞、库布里克书店以及蒲蒲兰绘本馆、蜜蜂书店、时尚廊书店等。

一座城市，因为有了书店，让爱书的人有了精神归宿，让不爱书的人有了附庸风雅的集会。尽管这几年书店运营举步维艰，但还是能看到那么多书店从业者在做最努力的坚守。

漫步书店，和陌生的书本擦肩而过，你会有一种精神压迫感。这一辈子，怎么才能看完这么多书？我清晰记得早年在陕西第一次走进西安南郊一家叫做"汉唐书店"的店面的感受。那时候刚参加工作，大量买书阅读。我在的那座城市都是小书店，那家书店长方形的布局，站在门口一眼看去无限延长，那场景像极了《黑客帝国》中里欧站在两排挂在武器的架子中间的场面，整个人就觉得压迫，心里就一个反应：妈呀，这么多书，啥时候才能看完呀。

除了精神压迫感，当然还有不期而遇的阅读之乐。不小心翻起了一本书，或者几经查询找到了心仪的一本书，捧卷狂读，一气呵成，那种畅快淋漓简直让人着迷。书，因为有了书店的存储而有了味道；书店，因为有了爱书人的流连往返而兴荣迷人。

十年来，书店的变化是如此巨大。早年的新华书店里，父亲领着我隔着玻璃柜台买书；后来的书店里，可以零距离地触摸，翻阅自己买不起的书。到今天，书店以书吧的形态存在，更多地融入了读者身心灵的休憩的需求。可以常坐，可以慢饮，可以听音乐，可以作交流，还可以独享环境优雅的物我两忘。

2010年去台湾，转成拜访了著名的诚品书店，惊讶于她以人文、艺术、创意和生活为宗旨打造的充满活力的书香意蕴。之后的四年，眼见着在北京，我们身边的独立书店越来越多，每一个都呈现出自己独有的气质。而这些气质，在读书人的眼中是被自然解码的。每家书店，也都在漫长的独活中，迸发出自己内在的魅力，或学术，或文艺，或时尚，或个性，他自然也给了人们更多理由漫步其间，修身养性。

十年前，自己写过一组关于北京书店的稿子。那时把豪门这词给了北京图书大厦，把隐者给了王府井书店，把知性给了中关村图书大厦，把复古给了三味书屋。现在你在网上还可以搜到。还有更多网友们给各家书店的标签。比如文艺的字里行间，艺术的库布里克，独立的单向街，前卫的时尚廊。

十年间，书店的内涵也发生了巨大的变化。从早期的单一的销售书籍，到如今成为一个区域的文化平台。书店自发的阅读活动，书店引进的各种沙龙活动，还有读书人自发而起的各种民间阅读活动，都在告诉我们，我们无法离开书店的陪伴，我们需要书店。

正如 2014 年三联书店 24 小时营业带来的狂热所展示的，一座城市因为书店的沸腾而多了那么点温润的气息。这座钢筋水泥的丛林里，有大片公益绿地的自然润泽，还有大小不一的各类书店安静而真诚地柔软着人们忙碌疲惫的心灵，让生活在字里行间的跳跃中，回归原点，从新开始。

诚品书店的创始人在一次采访中说：诚品在商业经营上备受批判，但我希望一本书、一句格言、一首名曲、一个新的思想剖面、一件艺术创作品、一栋感人的建筑与空间，都能产生一份灵动力，丰富大家的精神与心灵。这就是书店的存在价值所在。

书店，完成了人和人之间、人和空间之间、人和书本之间、人和讲座、表演等之间的互动。想一想，你那么孤独的时候，可以在一个商业世界里，找到一个充满无限廉价资源的空间。和一本又一本书交流，不需要支付费用；和很多人，或者自己一个人，享受一个安静的、精心被整理的空间。还能享受一本可能比咖啡还要便宜的书籍，暖心暖胃。在这里，你会发现，这个世界上，原来有这样一群人，和你一起，享受文字的乐趣，享受精神雀跃的快感。

商城的地下王国

远　子（青年作家）

我曾在一家书店工作了两年。书店在某座商城的地下二楼。每天早上钻进去，天黑了才爬出来，一整天都看不到阳光。不过，好在北京也没什么机会看到阳光。

书店对于店员有很多奇怪的规定，比如不准穿浅色的裤子，不准与店员交头接耳，不准与顾客闲聊，不准久坐在咨询台里，不准看书等等，刚开始很不习惯，尤其是最后一条规定，但后来慢慢也就习惯了，我们对于环境的适应力往往超出最初的想象。

来书店买书的人也是千奇百怪的，最少见的恰恰是那种真正喜欢读书的人。

很多人并不知道自己想要买什么样的书，比如有这么一位顾客，他问我比较经典的书摆在什么地方，我想当然地把他带到了世界名著的架子前面，但是他说他不读小说。我又把他带到了人文社科类图书的架子前，他又说这些书太深了他看不懂。然后我就问他那你喜欢读什么类型的书。他说，我也不太清楚，就那种比较经典的。

有的人只买畅销榜上的图书，即使我们偷偷把一些滞销的书摆到畅销榜的架子上，不出几天也能卖光。有一位顾客在畅销榜上看到了一本名为《百年孤独》的书，她问我这本书是讲什么的。这种问题是很难得，一般除了问有没有某本书之外，顾客们只会问"厕所在哪里？""可以拍照吗？""居然没有凳子？""不卖咖啡吗？""会员卡怎么办？"……当然，还有一些更奇葩的，有一个人在书店逛了一圈，然后走到前台一脸疑惑地问："你们这里不卖剃须刀？"因此，当我听到这个顾客的问题后，我立即滔滔不绝地跟她讲了一通魔幻现实主义、长河小说、宏大叙事、历史关怀等我觉得可以简要概括这本书的关键词。结果，听完我的介绍，她默默地把书放回了原位，我感到无地自容。

更多的人买书是为了装饰。这其中有一部分人是为高级宾馆或餐厅采购相关图书和杂志的。还有一部分人纯粹是因为有钱没处花。他们买书有一个共同点，那就是不会过问作者、出版社以及书的内容，他们只在乎书是否是精装，封面好不好看，有没有足够多的插图。一天，一个一身名牌的中年女子幽幽走到前台，嗲声嗲气地说："我想请你们帮个忙，我最近在海边买了一套别墅，我想用书摆满客厅背海的那面墙，你们帮我挑一下吧？"此言一出，我知道又来了一位贵宾，我立刻用对讲机叫来了几位同事帮她挑书。她一口气买了13万块钱的书。临末，还叫来三辆车帮她把书运了回去。

还有一些人只会跟风买书。我刚去书店的时候，彭浩翔经常来书店逛，有一次他买了一本台版的推理小说后回去发了条微博，说这本书不错，还配了张书店的照片，于是接下来的几天那本书是被问的次数最多的书。不过刚好那本书只进了两本，粉丝们只能失望而归。等这本书补货到了之后，再也没有人要来找那本书了，它在角落里静静躺了两年；我快要离开书店的时候，莫言得了诺贝尔文学奖。于是一大拨人蜂拥而至，几天之内就把莫言的书抢光了。有意思的是有些人并不知道得奖的作家叫什么名字，也不知道他写了什么书。他们会这么问："最近有一个人得了诺贝尔文学奖，你们有他的书吗？"

有不少明星来过。演员、导演、模特、歌手，大陆的、港台的、欧美的都有。老狼来过几次，有一次我鼓起勇气跟他聊了几句——其实是一句——我问他最近有没有演出，他笑着说没有，然后我就灰溜溜地走了；汤唯来过一次，这是来过的明星里我偷偷在一旁注视的时间最长的一个。我一直在她身边的架子前装作整书，心里盼望着她会问我某本书放在什么地方，但她自始至终也没问，最后她买了一本室内装修的书；基努·里维斯来过一次，不少人跟他合影了，他也没有推辞，很多国内明星被认出来后一般都会拉长脸拒绝粉丝的拍照请求……遗憾的是，绝大多数明星所买的书，除了一些实用类的书外，基本上都是心灵鸡汤（周迅是个例外，她只买世界名著）。一天，一个我还比较有好感的二线女明星让我给她推荐几本好看的外国小说，我给她推荐了卡佛的《当我们谈论爱情的时候，我们在谈论什么》、理查德·耶茨的《十一种孤独》，还有赫拉巴尔的《过于喧嚣的孤独》，她每本书只翻了一分钟，一边翻一边摇头，最后她买了一本治愈拖延症的书。

书店的工作并没有想象中那么轻松闲适。每天都有新书要上，要去地下三层的车库去把新书拉上来，要根据书籍的销售情况不停地调整书的摆放位置；还要处理顾客的各种需求：有的人要找某本书但她不记得作者名只记得大概的书名。有的人要找某本禁书我们告诉他是禁书之后，他会把怒气都撒到我们头上：Bullshit，这种书你们也禁？！还有操着俄式英语、日式英语、印度英语、菲律宾英语的顾客说着我们完全听不懂的英文，我们只能让他们写在纸上，但是他们的笔迹又很潦草；书店不准拍照但是到处都是闪光灯在闪；还要防盗，每天都有好多书被偷，但是我们一个小偷都没有抓到。有一段时间我们还特意安排员工不穿工服伪装成顾客去抓小偷，但是没有用，那些看上去是小偷的最后都被证明不是小偷。

每天下班后都是身心俱疲，而中午只有一个小时的吃饭和休息时间，不能提前，也不能晚回。中午，我们会去员工食堂吃饭。员工食堂在地下三层，位于国贸地下王国的最深处，一路上我们会路过几十家奢侈品店（我怎么才能忘掉我曾在一家卖婴幼儿用品的店铺里看到一个手工摇篮卖 12 万块钱一个），穿过十几道防火门（国贸的地下有无数道防火门，那里面极容易迷路，第一次一个人去食堂吃饭的时候，我以为我记得路，结果在地下绕来绕去，绕了半个小时才找到回书店的路）。

去食堂需要走 15 分钟，来回就是半个小时，我们通常会用 15 分钟的时间吃完，然后剩下的 15 分钟，我们会去地下二层的溜冰场看别人溜冰。

也不知道是从什么时候开始我们养成了这样的习惯，也许是那些溜冰的人轻盈的姿态让我们暂时忘掉了生活的沉重。我们就那样静静地坐在溜冰场外围的凳子上，不说一句话，我们看着那些老人、中年人、年轻人在冰面上滑过来滑过去，就好像看着鱼缸里的鱼儿游过来游过去。

有一次很奇怪，整个溜冰场，我们只看到一个穿着白裙子的年轻女子。不一会儿，楼上有一个男人拿着喇叭在唧唧歪歪地说着什么，我们仔细一听，原来他是在求婚，只见男人从楼上抛下来一根线，让女人拿着，女人很听话地捡起了线，然后男人在线的这一端放了一枚戒指，戒指在空中缓缓地滑向女人，女人一手牵着线，另一只手捂着张大的嘴，显得很惊讶。与此同时，溜冰场的喇叭里响起了那首浪漫的歌曲《今天你要嫁给我》。这时候溜冰场栏杆附近围满了人，大家纷纷掏出手机拍照。

我们也为这对新人感到由衷的高兴，我的一个同事，她还感动得哭了起来。

在书店，来自陌生人的美意

张　莉（作家）

那应该是 2004 年的 9 月，我刚到北京师范大学读博士。那天下午，我揣着几百块钱稿费，到铁狮子坟附近的盛世情书店去。像每一位初读博士的年轻人一样，我希望从书店里寻到自己心仪的书，以使自己未来的求学时光不虚度。

那家书店门脸不大，周围是衣服店、咖啡馆、洗脚店，并不起眼。在考到北师大之前我在清华读硕士，听说，和清华附近的万圣书园相比，盛世情的文科书储备更多，价格也似乎更公道。书店一层很小，是一些折价书以及期刊，我顺着楼梯往地下一层走，楼梯是窄的，楼梯两侧贴着一些新书广告。在楼梯到地下一层的拐角处，有塑料筐备用。

我拿起一个塑料筐，在一排排书架前选书。老实说，我不知道自己要选什么书。我的博士论文选题并没有完全确定，我有些茫然。我在书架前徘徊，选了一些媒体上推荐的书，翻翻，放下，再拿起，再放下，如此反复。

　　大概我拿起又放下的动作太频繁了，旁边的一位男士突然开口问，你想找什么书。我告诉他我刚读博一，不知道选什么书，但觉得三年应该充实一下自己。也是在他的询问之下，我告诉他我的硕士论文与女学生有关，博士也会写关于现代女性写作发生的课题。他"噢"了一声，然后指着我筐里的一本书说，这本不怎么样，炒出来的，不值得买。然后，他说，要看就看好书，喜欢一本书，可以多看几遍，多琢磨琢磨。

　　一边说着，他一边走到另一排书架前，说，你可以看看这些书。我顺着他的手指，看到那是《吴尔夫文集》。他说，《普通读者》你应该买，还有《一个人的房间》，都挺好，适合你读。顿了顿，他说，《吴尔夫文集》最好别拆开买，建议你全买下来，这个作家可以慢慢读，小说也非常值得读。然后，他又给我推荐了《重点所在》，这个也适合你，他说，他强调了是黄灿然译，靠得住。还有小册子的《论摄影》，以及福柯的一些书。"译者很重要，你得注意，外国书注意译本和出版社。""这些书可能对你写论文没有直接帮助，但我觉得你应该买。"他还建议我买《第二性》，但又说现在出的版本不是太好，但也可以勉强收着。他推荐了很多书，我有几本已经有了。但吴尔夫和桑塔格的我没有，在此之前，我并没有注意过要读她们的书。我按他的建议把那些书全部拿下来，筐里一下子沉起来。甚至一个筐都快盛不下了，需要店员帮忙。我开始在心里计算钱是不是够。他说，其实，你买得多它们也可以打折。再后来，他就走到别的书架前了，手里拿着一个筐。

　　在我们交谈的几分钟里，我一直认为他是这家书店的老板，或者雇员，因为我听同学说过这家书店的老板会向读者荐书，雇员也很有读书品味。但是，当我排队结账时，意外看到刚才和我说话的那位先生也在付款，那时候我们中间隔着三个人。我看到他把新买的书放到运动式双肩包里，走出去。也只是到了那一刻，我才明白，他和这家书店没有多大干系，他和我一样，都是读者。

那天，我买了平生最多的书，差不多花光了钱包里的钱。书店工作人员帮我打包成两个包，分别放进塑料袋里。有些沉。就那样，我双手拎着白色的塑料袋子，走出书店，上台阶走过天桥，天桥上有卖小东西的小贩，我站在栏杆前停了一下，往远看，黄昏的马路上，车水马龙。我的心情宁静，充实。是那些书使我对自己充满希望，甚至有那么一刻，我感觉自己很有学问似的。

走进校园，我才感到两手拎书有些吃不消。我把两包书放在地上，想喘口气。校园里树木葱郁，一切生机盎然。一个经过我身边的本科生样子的大男孩问，你需要帮忙吗？我摇摇头，说谢谢。他不知道，我当时的内心愉悦远远超过了疲累。那些沉甸甸的书是我新的所有，我实在想自己亲手把它们带回宿舍去。在那一刻，手里有重量，我心里才会安稳。

回到宿舍，我来不及去吃饭就把书码在书架上。我原本想在这些书上写下时间，但又觉得可惜。我很后悔没有在这些书上写下购买时间，所以，我现在已经记不得具体是哪天买到这些书的了。我唯一确认的是，它们一直在陪伴我，直到现在。后来，我的书架上日益堆满各种研究资料，各种纸片，朋友们推荐的各种对我博士论文写作有帮助的书籍……只有那次买的书是个例外，它们不是我要查的资料，它们对我的博士论文写作并不那么有用。可是，它们在日后的岁月里成为了我最喜欢的书，一直陪我成长。

十年来，我常常细读《普通读者》，有时候一天读一篇，有时候两天，或者三天才读完一篇。我也常常细读《重点所在》，阅读这些书成为我日常生活的一部分。读博士那几年，我曾经化名给报刊写各种书评，以促使自己读完一本新书后能及时写下阅读感受，但却并没有为这两本书写过评价。我从未想过将自己的阅读感受与人分享。我承认，自己读这些书是安静的，内心却又是电闪雷鸣火光四射的，那是最美好的时分，那是静悄悄的快乐。我没有能力表达我从中的获得。我怕一说出来就是错的。这就像是这世界上的某类情感，只适合在心里，只适合沉默，像火山一样永远沉默。我对吴尔夫和桑塔格的情感，也属于此类。

有一阵子，我很担心我会不慎丢失这些书。于是我又从网上购买了同样版本的书，把它们放在书架上。现在，我有一套是全新的，而另一套是勾勾画画很多次的。这是什么心态呢，我说不清楚。对这两位作家的珍爱甚至衍生了我的另一爱好，只要看到有关吴尔夫或桑塔格的书，日记、传记、访谈，不同版本的作品，我就到网上书店全部买下。我知道以我缓慢的阅读速度，我不可能全部读完这些，但是，哪怕是只把它们放在书架上也是好的。

大概从 2008 年起，我从文学研究转到文学评论，我开始以另一种方式读这两位作家。重读。这一次和上一次不一样，我开始把吴尔夫的句子拆开揉碎了读。我喜欢把某段话抄写，以加深记忆。

一读十年不厌倦。我走到哪儿都会带着它们。那本《普通读者》，那本《重点所在》，还有那本《论小说和小说家》，陪着我坐过公交、地铁、高铁和飞机，到过各种地方，住过各种旅馆。在我难过和不安的时候，在我耿耿难眠或者空虚无聊的时候，这些书使我安静，安稳，不孤独。

我常常想到那个下午，那个最为普通的下午，在那家书店。我一度试图回想起把这些书一本一本放到我书筐里的中年男人。可是，他的衣着，他的容貌，他的声音，我都不记得了。我甚至忘记了他是不是戴眼镜。事实上，我们交谈的时候两个人都是对着书架的，我没有正面看他。我不知道他姓甚名谁，他大概是某所高校的教师吧？或者是北京城里的读书人？不知道。我完全不知道。我很后悔没有在付款的时候跟他打个招呼，或者说声谢谢。我大概永远也没办法向他当面表达我的谢意了。

就是那位陌生人，他为我提供了那么好、那么妥帖的书目！如果你能了解我十年来之于这些书的情感，就知道那位陌生人对我的意义。今天，实体书店在慢慢消失，还有没有这样的故事发生？我想，微乎其微了吧。现在的书店，可以 24 小时营业，也可以面积浩大，但我依然怀念在环境狭窄空间里的那个偶然，那个偶然相遇，那个偶然交谈，它是那么纯粹，那么短暂，那么意义深远，它深深影响了一个年轻人一生的阅读趣味。

也许，这在那位陌生人的生活中只是不足挂齿的事，又或者，他早已忘到脑后去了。可我不能忘记，我视这些为天赐之物。怎样才能不辜负那来自陌生人的美意？我想我也只能写下这些字，以示我的珍惜，我的敬意。

做书女，让心行走

许春宇（雨枫书馆创始人）

那是 2007 年初，女儿开始小学一年级的生活，我的书店——"雨枫书馆"也悄悄开业了。于是照顾女儿，打理书店成了每日"功课"，日复一日，我陪伴着"两个女儿"一起成长！9 年的时间倏然远去，女儿出落婷婷，雨枫亦用时间证明了存在的意义。

些许欣慰，良多感慨。回想当初，决意开书店真是倔强与大胆，那让家人和朋友替我捏了多大的一把汗啊。他们的担心不无道理，如今实体书业越来越"惨淡维系"，多少人已经"不屑"坚守这个行业，机器一般的城市，面无表情地吞噬着一家又一家的书店，倒闭、消失是她的宿命么？而我相信：质疑中的笃定才是真正的自信，必然的离开也需有必然的开始。细细念想起来，这创业的心路，像似一段孤独的旅程。途中有云淡风轻的惬意，也有风雨交加的艰辛，更多的时候无论眼前的景色多么壮美，却只能独自欣赏，就像沙漠独行中偶遇的海市蜃楼，那美妙竟是无从言说。

乌托邦的力量

做书店是隐藏在内心中的一个从少女时代就积蓄的梦想。她沉淀在心里很多年，时时在暗夜里被拿出来描画、擦拭，像一幅卷轴画一寸寸地展开，记忆里最早的一幕是尘土飞扬的午后操场，我和同学倚靠着油漆斑驳的单杠，我说起她：在喜欢的书店做一名图书管理员，穿长裙戴眼镜的自己在高高的书架间穿行，偌大空旷、阳光从窗的缝隙间射入，陈年的岁月在那里缓慢流淌。"可以只是低头看书，不用抬头看人，若是想读懂人，就只留意她／他的书单。"十多年之后我没有机缘成为图书管理员，但是开办心目中书店的梦想在心底里疯长着。

雨枫始于一个人的梦想，但最终她成为了梦想的集合地，一群愿意追寻梦想的人走在了一起——拥有年轻、热烈与文艺气息的靠谱文青们。于是我们开始坚守自己的信念：相信理想，奉行诚实，尊重他人。雨枫就是理想主义者的乌托邦，这里发生着许许多多的美好故事：一份新婚的喜糖在书店里传递，会员也来"争食"，这是怎回事呢？2011 年，雨枫曾经的店员——佚明结婚了，她从湖南家乡寄来喜庆的讯息。时光荏苒，如今她已经是 3 岁孩子的妈妈。记得 2008 年初，她刚踏入雨枫，腼腆又羞涩，总是静静地读书写诗，少与人讲话。在雨枫做店员可是要"全能手"，要懂书还要能做好会员服务。佚明悄悄地锻炼自己，从交流读书心得到畅谈理想，她与会员越来越熟络，阳光与自信洋溢在脸上，终有一日，大家看到身边的佚明早已变成一个漂亮、大方、爱说话的女孩。两年后，她从北京回到老家湖南工作，她常常对家乡人自豪地说，感谢毕业后在书店的工作经历，让她改变了自己，有机会和一群热爱书热爱生活的理想主义在一起，谈论文学憧憬梦想，那是内心最丰盈的一群人。

不寻常，做自己的特色

美，是感知世界的欢愉！

经营雨枫无疑是在经营梦想。而我理解的"经营"很单纯，就是从一个读者的角度去思考，用美好的一切装扮书店，我深信做成自己喜爱的书店就能赢得别人的喜爱。

雨枫是书店，但更像是"读书俱乐部"，我们不只卖书，雨枫提供的产品是围绕每个个体的细致的"阅读服务"。致力于如何提高读者的阅读享受，包括环境氛围的营造、信息的提供和交流平台的搭建。在雨枫，倡导"读"书，"不一定要把书买回家它才属于你，而是你看过了这本书它才属于你"，作为会员可以借阅所有上架图书，并享受众多阅读服务，包括"书女大使"、"书影资料馆"、"书女学堂"等服务。沙龙式的氛围、"一对一的阅读服务"，不定期举办很多的艺文活动是雨枫的经营特色。走进书馆如同走进的天堂——自由、随意、思考，享受阅读并使之养成习惯，追求灵魂的平静与滋养。

雨枫有依墙蜿蜒的鱼池，有葱郁的绿色盆栽，有若即若离的舒缓音乐和放落整齐的图书，映衬着女性的柔美、细致与贴心。雨枫每个馆专门设有儿童阅读区，里面有儿童书、书桌和玩具，满足妈妈们的需要——既能安心看书，又能照顾孩子。我们一直在以读者的喜好设计着雨枫的阅读服务：看书，最不希望有时限，在雨枫就推行"自由阅读"，不做任何约束，借阅的图书没有时间限定，没有阅读地点的限定，没有借阅次数的限定，享受最自由的阅读状态；因为交流是阅读的延伸，雨枫就开始做书友会，从"读乐之夜"的诗歌朗诵，到"女人那些事儿"的话题分享，从生活美食到旅游达人的游历分享，雨枫把"阅读"的层面立体起来；为了优化图书，雨枫成立选书委员会，网罗女性读者想读的所有优秀图书，缔造有品质的阅读服务，雨枫坚持请会员荐书，每一本会员看过的图书都做"好看的、一般的、垃圾书"的分类，尊重每个人的阅读观点，坚持阅读分享的价值。每月定期为会员奉上"阅读排行榜"和"雨枫好读推荐"，为真正好书寻找更多的知音成为我们的愿望；设立书女大使，让每个人有自己的书香知己，通过阅读这个桥梁，把情趣相同的会员介绍到一起，共同提升彼此的阅读质量，让阅读不孤单……

给都市女性创造一个适宜的读书屋，像闺中书房，像学生时代的图书馆，环境雅致，氛围安宁，有好看的书，好看的电影，有情趣相投的书友和关于阅读的话题……这里是知性女子精致生活的外延，是以书会友的交流场所和跨领域的女性发声平台。

阅读，是给灵魂添色

移动互联网的兴起，造成很多行业的彻底改变。当下全球书店都处在一个萎缩的状态，纸质书被边缘化了，我们自己也被电子阅读、碎片阅读包围。但某些群体却正相反，比如儿童，父母们越来越意识到阅读对孩子健康成长的重要作用，家庭教育支出占比正持续增加，这里面就包含对购书的需求，所以儿童阅读的市场是上升的。再比如已经有阅读习惯的成人也在坚持深度阅读习惯，甚至有点固执的意味，因为纸质图书带来的阅读感受仍旧是电子阅读无法复制、超越的。所以阅读已经走向了分群体化。雨枫一直在做的事情，是提供有价值的阅读服务，是希望人们有更多的阅读机会，至于纸质书还是电子书，都不重要，重要的是你在阅读。

实体书店的存活要依靠自己独特的定位、图书甄选的品味、细致的服务取胜，在小范围人群建立自己的口碑和信誉，获得忠实书友的认可和喜爱，然后坚持下去。在险峻的环境下生存，要有自己出奇制胜的"法宝"，这个法宝是什么，各书店有自己的想法。对雨枫来说，我们会在女性阅读方面深耕细作，做好这一个点，做到真正专业，把自己的客户群研究清楚，找到需求点也就找到了立足之地。对于整个社会来说，我想呼吁，做父母要尽量培养自己的孩子拥有阅读习惯，年轻一代真正能够在阅读中获得乐趣，成为文化的消费群体。那么阅读本身就会有所发展，出版行业也就会持续优化与提升，我们的民族文化就有勃勃生机的未来。

阅读是潜移默化的影响，它不是"即时贴"，可能你十年前读的一本书，现在才能明白其中的道理。读书就像是在找到一种爱的感觉，才能长久坚持。阅读要有一个量的积累，当积累一定量的时候就会发现，它所教给你的方法不是重要的，你要找到那个理论的支撑才是重要的。其实，阅读就是给灵魂上色的过程。你的积累越多，你的色彩越丰富。

有书香的心灵驿站

"我是雨中枫林驿站
我的存在，只为
目送你
再次远行的身影"

"雨枫"二字取意自这首小诗，雨枫就是一处书香驿站。2009 年的时候，一位会员在会费期将到的时候，给书店写来一封长长的邮件，说自己不想再成为雨枫的会员了。信中她说："当年办理会员卡，是自己送给自己一份礼物，那个时候，孩子年幼，工作压力很大，自己总是焦虑无助，偶然来到雨枫，像寻找到了一处心灵港湾，一个能够放松自己、休整心力的地方，于是成为会员。"之后的三年，她尽量每周抽出一小段时间，泡在雨枫，放下心事，或看看书，或和店员聊聊天，或参加一场沙龙活动，然后再回到生活的轨道上，"渐渐地我理顺了自己的生活，孩子健康成长，事业颇有起色，最主要是觉得自己的内心强大起来，可以遵循自我，驾驭生活"。她觉得可以告别雨枫了，但"书女"会一直做下去。看着这样的信，雨枫团队的每个人都又感动又欣喜，是的，我们就是一处书香驿站啊！静立在此，看日出日落，等待人们来来去去。就像是与深爱之人的约定，一份来自内心的期待。

雨枫从初创起就浑身散发着一种女性的温情味道。我把自己对书、对阅读、对文化、对生活的追求和想法融入到书馆中，力求营造一个温馨细腻的阅读环境，选用浓紫与纯白的色调设计，记得有这样一种说法：紫色在空间中扮演心理治疗的角色，紫色的能量可以加深对自己的了解，找到内在的平和，帮助释放情绪中深度的忧伤。不论是与生俱来，还是因事悲伤，多希望生活节奏太快的女性，走进书店，能够重回心灵的宁静，享受阅读的愉悦。在紫色的雨枫里，让脚步停留，让心行走。

做书店是一件艺术的活儿，需要好的创意、对图书的深入了解、对服务的把握，还要培养一批对图书有感情、对书店有感情的伙伴，这是一家书店能够长期坚持下去的根本。雨枫一直坚持自己的准则，没有因为经营压力的不断增大，或者只为获得更多的收益，而丢掉一些最初的设想和原则。不偏离自己的理想，也不完全沉入幻想。坚持走自己的路，一条我们认为可以走得通的路。

做书店像是与生俱来的一种使命。今天，书店存在的价值，是为了能够带给人们多一份"选择"的权利 ，成熟社会的标志是我们对职业、对人生态度的宽容。让梦想成就出有价值的事业！我最期待的是在读者心中，雨枫能够成为一家值得记忆和尊重的书店。

读易洞：社区的内心秘密

杨　早（作家）

读易洞是在乡离乡的富顺人内心的一个秘密。

关于读易洞，1993 年版《富顺县志》第 569 页是这样说的："在县城西湖南端，建于北宋天禧年间，由木楼及山洞组成，洞高 160 厘米，宽 97 厘米，顶部呈弧形。据县志载：'李见读易于神龟山洞中，著《易枢》，天禧中，令附驿以闻。'清代于此建立西湖书院，后废。现建筑物已经改建，山洞封闭，现存门墙，匾状拂金'读易硐'石质门额，字形圆润有力，石刻技艺精湛。1985 年 6 月，县人民政府公布为县级文物保护单位。"

知道这些的富顺人其实很少，但"读易洞"这三个字自小便耳熟能详，因为那地方现在是一个菜市场。四乡的农民挑菜进城，都在读易洞会齐售卖。老婆婆娘娘挎着篮子，从菜市走过，挑三择四，讨价还价，互相打着招呼摆龙门阵，有些孩子会在无聊地打量完青菜黄韭大麦柑之后，抬头望见大大的

"读易硐"三个石匾上的阴文字,有些不会。

这个地名是如此的深入人心。有件事可为例证:2010 年末我去海口开会,在出租车上瞥见街边一家饭店,名字赫然是"富顺独一栋豆花饭店"。无疑,老板是一个到菜市场不抬头的孩子。跟邱小石一样,他想用在乡时最熟悉的地方为自己的小店命名,只不过他不像开书店的,知道这三个字是某种文脉的象征。

所以,当一家书店取了这么一个同乡会心而外人不知所云的名字,除了彰显它理所当然的理想主义色彩,还有意赋予自身一定的象征意义与实用功能。在富顺,如果你天天去读易洞菜市场,你能买到最新鲜的蔬果,也有可能见到所有的熟人,听到流传在这个城市的一切新闻。

"读易洞"由此成为一个双重隐喻,它既指向历史上的读书事业的延续(四川有谚"富顺才子内江官",富顺以明清出了两百多名进士闻名),又暗示着现实中的市镇公共空间。它是一间书店,又不仅仅于满足于一间传统意义上的书店。

不要以为这些话是我的过度阐释。读易洞刚刚开张的 2006 年,我就与洞主邱小石讨论他的开店构想。邱小石本身就是读易洞所在的青青家园小区的销售策划。他跟我讨论这个小区为什么适合有一家小书店:30 万平方米左右,一千多户人,以白领为主的住户。这样的小区北京有不少,"如果每一个这样的社区都有一家社区连锁书店,那么这将是一个绝佳的文化传播机构",小石已经习惯了跟老乡也说普通话,"因为这不单是一家卖书的商店,它还是一个社区文化空间"。

五年以来,我都是按照邱小石的这个定义来理解读易洞的。青青家园远处僻郊,在出名之前外面来的顾客很少,主要使用者肯定是小区的邻居。虽然由于自身的原因(最主要是人力与业余),读易洞一直没有大规模地进行社区宣传,但是它渐渐也成了一个名副其实的社区文化空间。邱小石自己的总结是："读易洞社区书店，书店功能之外：邻居的朋友来访时显摆的景点，自由职业者有个像单位的去处，男人美其名曰上进的家务避难所，大人餐馆吃饭时闹腾小孩的安置地，家门口不掉面子的社交场，聊天上网喝茶需要消费的居委会。"

这些功能我都可以出演见证者，常在洞里看见一个 SOHO 男人对着笔记本电脑做冥思状，或一个女孩子捧着一本书睡着在沙发上，还有一群人在里面开影视策划会，或公共知识分子接受外媒采访⋯⋯2008 年，我们楼的邻居因为楼房维修导致污染，需要跟社区物业谈判斗争，需要一个确保安全的聚会讨论场所，还是选在读易洞。

更理论化、也更贴切的表述来自邱小石钟爱的《建筑模式语言》一书，一旦有机会，他总会反复推荐这本加州大学伯克利分校环境结构中心的研究成果，并在豆瓣上发布他的读书摘抄。我们来看看这本书怎么定义"社区的活动中心"的："为社区创建集中常夫的地方，仅仅是独立分散的社区无补于城市的生活⋯⋯这些中心要足够小，45 乘 60 英尺就够了，它能使正常的公共生活井然有序地集中起来。活动中心的功能是互相支持的，一天的同一时间里，吸引相同的人。不能把小花园、嬉戏设施和物业保安集中，人们走进这两种地方心情是不一样的。"很显然，新型社区几乎都会设立的会所是这样的活动中心，花园中的儿童中心，或社区门口的小广场也是这样的活动中心。不过除此之外，室内的活动中心也必不可少，尤其是晚上，这又涉及对"夜生活"的定义："每个社区都应有某种公开的夜生活。人们乐于夜晚出门。城镇的夜晚别有情趣。"在北京摊大饼式的城市设计中，夜生活与社区分割得非常遥远，夜生活与家的距离常常以十公里为计量单位，这本身就削弱了城市生活的乐趣。

"灯火通明，是吸引人夜生活的必要元素，人们才能感受到夜晚的安全，因此，独立的咖啡座、冷饮店、酒吧间、书店、小超市、加油站，本身都不能产生足够的吸引力，它们必须集中起来。根据观察，形成夜生活活动场所的数量最小数字是6。"事实上，即使算上扰民的广场秧歌，一个北京社区也很少超过三个夜生活场所。很多邻居跟我抱怨过，逢上读易洞周一休业，他们连个室内可坐的地方都找不着。

"另一方面，把各种晚间服务机构联合成大规模的夜市活动中心，也会使人在感情上产生疏远。应该鼓励把夜生活活动中心均匀分布在整个城镇。"如果将 2000 户左右的中型小区看做一个独立的小镇，通常的做法是将所有商业都集中在小区入口的商业街。而其他地方，无论早晚，有时会出现可怕的安静与寂寞。我父亲来我家小区，他连白天唱歌都很犹豫，因为"太静了"，而小区门口的道路又时常因商街过分拥挤而造成不便。

有时走进洞去，见洞婆婆笑容疲惫，问今天去进书搬货了么？伊说哪里，有一对邻居夫妻吵架，要我给他们仲裁！又或是：有个女的来向我做职业咨询，聊了三个小时……这可真是某种不可承受之重。然而我也很能理解那些莽撞的倾诉者，你在这个都市的郊区呆着，往来穿梭于繁华与荒凉，在哪儿都找不到可以倾谈的空间，可以放心低语的人。读易洞以它的装饰昭示了某种品味与热情，而洞婆婆的和善是冷漠社群的一方解毒剂。

听说，我没有亲见。这个小区一开始定位郊区别墅时，人少，邻里关系好，总是互相串门或择地聚会。渐渐地，人多了，杂了，人际关系变得相对复杂而暧昧，尽管小区论坛仍是金牌论坛，线下的交流毕竟不可替代。

我与朋友黄永，相识于 2000 年最末一天。六年后我搬入这个小区，一年后他也跟了进来。该人声称主要原因还是我："我喜欢从前文人的那种生活方式，大家住得近，常常可以互相来往酬和。"日子越过越复杂，家门也变得不像年轻时那么容易打开，于是我们常常约在读易洞见。

其实，会与邱小石重逢，还不是因为这个洞！我离乡廿年，不想搬到这小区不久，发现新开了家书店，一看名字就觉得不对头，很不对头。撞进去一看，居然是连样子都快记不清的儿时玩伴。倘若没有这个洞，哪有这么戏剧性的场面。

读易洞当然不是小区整体设计的一部分。它的存在来自凑巧的资源与店主韧性的坚持。然而，它的存在，确实给这个小区的生活增添了一种可能性，我认为对于一个讲究生活质量的业主来说，这家书店的存在，可以让小区房屋的价值增值不少。对于开发商而言，这样的书店将擦亮这个小区的品牌。事实上，在 Google 地图上，找"读易洞书店"比找"万科青青家园"要更容易。

有很多的评论抱怨中国的年轻人好高骛远，总想着一步到位买大房子，评论者对其中的隐性原因视而不见：在中国尤其是北京，家庭承担了许多社会化功能，它得有会客区域，得有足够的儿童活动场所，阳台室内化之后又缺少花草种植与宠物活动区域，最关键的是，社区功能的单一，让家庭之外的交际与放松，只能移往遥远的城市中心区。它制造了一种分裂的生活方式，生活在这里，另一部分生活在远方。

改变这种状况，或许就是从一个复合式的书店／咖啡馆／活动中心开始。读易洞承担着书院与街市的双重角色，对于愉快的社区生活来说，它是必需的而非仅属点缀。在读易洞开张五周年之后，我们——读易洞洞主邱小石、《绿茶书情》主编绿茶与我，联手创办了社区读书会"阅读邻居"。在一个记者沙龙上，我介绍上期阅读邻居讨论了桑德尔的《公正》，推荐了社科文献的"近世中国"系列，对面一个 MM 眼睛睁得牛大："你们小区这么强啊？"我想对她说，不是小区强，哪个社区没有读书人？哪个读书人不愿与人分享？问题是，得有一个空间，得有为这个空间张罗的人。

　　我幻想有一天，我们的孩子会坐在读易洞里，听我们分享阅读心得，讨论社区事务，交流时政看法。他们离去的时候，或许会抬头看看门额的木匾，或许不会。读易洞或许永远不能创造一种赢利模式，但它终会成为这个小区的孩子将来的一个内心秘密，不管他们将来把它写成"读易洞"还是"独一栋"。

书店：这门奇怪的生意

邱小石（读易洞书店创办人）

2011 年 11 月 19 日，记录读易洞开店过程的书籍《业余书店》首发在读易洞举办，当天下午近百位朋友捧场，挤爆了狭窄的书店，营业额超过 6000 元，是书洞开办五年多来营业额最高的一次。

事前准备饮料小食，事后邀请一些朋友晚饭，号称庆功宴，破费 2500 元，差不多也就是当日销售之毛利，一进一出，两相抵消，耗了一通精力，赚了一场欢聚？？

这基本上就是开书店五年多来得失的浓缩版本。

关于开书店的投资与回报，跟很多人解释过，但解释通常半途而废。

"铺子是自己买的，没有租金，老婆守店，没有人力成本，所以？？"

"这算法不对啊，商铺你出租出去呢，假如你老婆出去工作的工资呢？"

最近正好在读《公正》这本书，我在微博上摘抄了一段罗伯特·肯尼迪的演讲词：

"我们的国民生产总值并没有考虑到孩子们的健康，他们的教育质量或他们玩耍的乐趣；它也不包含诗歌之美和我们婚姻的力量、公共争论的智慧以及官员的正直。它既不衡量我们的敏锐，也不衡量我们的勇气；既不衡量我们的智慧，也不衡量我们的学识；既不衡量我们的怜悯之情，也不衡量我们对国家的忠诚。"

有人问："那以上指标如何量化呢？"

我回应说："或许正是量化的意识，对人类精神的丰富性及其美感带来了损害。"

也或许正是因为没有量化，读易洞才愉快地存在。

当然我们也算过账，但不是计算书店的盈亏，而是从家庭生活需求的角度出发。

即使像我们这样的情况——店铺是自己的、没有雇用员工的负担，开书店也是不可能养家糊口的。在北京我们这样一个家庭，房屋按揭、日常生活、子女教育、社会保险、通信与交通费用，一个月两万元的开支是必需的。如果全凭书店的收益生活，那每个月至少得卖 10 万元的书，每天的营业额得 3000 元以上，书还不能打折。这是个什么概念呢？就是每个月你都要卖出去一个小书店，每三天你就要去书市拉一后备箱的书。这对平均每天只有五六组顾客的社区书店来说，是一个根本不可能完成的任务。店内业务的真实状况是，一个月平均 1.5 万元的销售额，就已是营业额的极限。

因此，我们很清醒地认识到，不能依靠开书店的收益来生活；所以，如果开书店没有金钱以外的所得以平衡，就不可能保有持续投入的热情。

开书店首先满足了我们的兴趣与多年的愿望，这个不必多说了。

其次是家庭生活进入一个转折时期，夫妻二人不必要像过去那样每天在职场上、在堵塞的城市中奔命，我们可以相对自由地选择自己认为更有价值的生活方式。

第三点可能是最重要的，开书店是继续其他工作的一种给养，同时开启了工作和生活的新视野与更多可能，让我们可以拥有稍微不同于庸常的生活，在粉饰与虚荣中获得一些真实且不菲的能量。

话虽如此，真实的心理当然也包括：书店到底还是一个商业行为，书店经营收入带来的物质快感，肯定会加倍提升观念带来的精神愉悦。因此，尽管不求投入产出的平衡，面对投入的精力而不被顾客最终以适度的消费行为回馈，还是会产生一些不被尊重的感觉，甚至有时会产生一种厌恶的情绪。

比如：有顾客进店啧啧称赞，随意翻阅欣赏落座，当递上茶水单，他说不用；向其解释说这是消费区，顾客就转身离去，回去撰写博客："（这是一个）失去了人文精神的装B店！"

这样的事情时不时发生，开店的幸福指数就大大降低了。迫不得已，我们在消费区放置了"消费茶座"的告示，并在书架上设置"未结款图书请勿带入消费区"的文字提醒。

理解现实，了解自己，也不会觉得特别违心。

热爱书店是很个人的事，作为书店经营者，很不喜欢以"开书店"而赋予"责任"和"抱负"的描述。但书店这个特别的商业业态，却极具人文关怀的"符号"价值。

开书店的人给爱书店的人以梦想，爱书店的人给开书店的人以幻象。

开书店有两年，媒体报道多起来，有天我在网上居然看到一条对读易洞的描述："北京最佳的免费悦读空间。"这个描述直到现在还在不断地被媒体引用并广为流传。

媒体的报道还说，在读易洞看书，不花钱，随便拿一本书，在沙发上坐下，老板就会给你端上一杯免费热饮。

公众对书店这门营生的期望与误解，由此可见一斑；描述前面加上"读易洞"，我感觉尤为别扭。

一直以来的观念都是：没有谁是上帝，尊重顾客，首先是看得起自己。

写到这里，足以从某个角度，看出现在的书店经营，是一门奇怪的生意。当前书店遭遇的整体困难，不是由于网店冲击，不是房租高企，我个人的看法是，接受知识的方法与途径发生了本质变化（网络／碎片／图像／互动／移动），人们从书中获取的阅读量被代替。

有人建议，书店应当多元化经营，比如加入创意产品售卖等，可是，书店不卖书了还有必要叫书店么？

总之，对于书店的未来，我不觉得有任何刻意挽救之必要，顺其自然为好。

单向街的变与不变

——从圆明园到花家地

许知远（单向空间创始人、《单读》出版人）

一

　　一段关于单向街书店过往与未来的影像令我感慨不已。它让我想起 9 年前的夏天。我们偶然在圆明园后院发现了一个长廊空间与种满核桃树的院落，它被一片竹篱笆包围。那时，我们都刚辞职，无所事事，喝得醉醺醺。纯粹出于一时之兴，我们决定开设一家书店。

　　书店塑造了我的精神世界。我在 1990 年代末入读北大时，很多时光是在万圣、风入松、国林风的书架旁与地板上度过的，这些刚刚兴起的独立书店像是对日渐匮乏的大学知识生活的一种弥补。

　　倘若历史是一代接一代的传承，那些书店里的免费书籍滋养了我，我们似乎也该有义务为年轻一代提供某些东西。当然，同样重要的是，这个夏日的院落实在迷人，它有种颓废的美与宁静，实在期望据为己有。

当我和最初的几个朋友凑钱租下这个院落，并为这个长廊式的书店起名为"单向街"时，没人知道它能生存多久。但是，我们的确可能实现一些小志趣。我们有可能在此创造一个对话的空间，你不仅与沉默的书籍、逝去的作家对话，还与志趣相投的人分享这些对话。在9年前的中国社会，你已经可以充分感受到一种无处不在的物质与信息焦虑，严肃的交流变得如此困难，精神生活更受到普遍压抑，富有理想主义色彩的青年人越来越陷入孤立。

从西川的第一场读诗会起，单向街就不仅是一家书店，它更是一个场域与氛围。在这个氛围中，你可以逃离日常生活的逼仄，可以寻找到精神上的同道。你还有可能在某一个时刻——它可能是白先勇对老台北的回忆，是贾樟柯对中国急速转型的焦虑，或是谷川俊太郎的某行诗句——感到一种强烈的共鸣，或者一种被点亮的感觉，你获得了认识生活与自己的另一个视角，感觉到某种超越性的价值与意义。这些时刻往往是人生中最美妙的瞬间，它令你超越了自己。

从圆明园到蓝色港湾到大悦城再到爱琴海，9年来，这家书店遭遇过很多困境。最初的创始人从未把它当作生意来经营，它也总处于破产的边缘，以至于我们通过不断增加"股东"来维持运转（他们都是了不起的"股东"，依靠一种"放任自流"来管理自己的投资）。我们甚至没有特别在意这个品牌，在经营两年后才发现"单向街"这个商标在一年前已被他人注册，我们此刻只能无奈地将"单向街"更名为"单向空间"。

但是这家小书店的生命力却比所有人想象得更持久、更富有韧性。这生命力不是来自它的创始人，而是来自这家书店自身形成的性格与气质。每个周末来此的作家、诗人、导演、建筑师、他们与他们的听众、纯粹出于理想主义来此工作的店员、不断涌来的志愿者……构成了"单向街和他们的朋友们",创造出了一种特定的归属感与凝聚力。

9年来,这个群体不断扩展,我们甚至可以说,单向空间已经伴随了一代青年的成长。多年来,我在过分拥挤的书店沙龙中,常会想起梅特林克笔下的"非凡的普通人"——"在星期日不去酒店喝个醉,却安静地待在他的苹果树下读书的农民;厌弃跑马场的纷扰喧嚣却去看一场高尚的戏或者只度过一个宁静的午后的小市民;不去街上唱粗俗的歌或哼些无聊的曲子,却走向田间或者到城墙上看日落的工人。他们全都把一块无名的,无意识的,可是决不是不重要的柴薪投进人类的大火之中。"

二

爱默生曾感慨"事物骑在马鞍上,驾驭着人类"。这似乎也是一切发展的规律。最初,你创造一个事物,在发展过程中,事物发展出自身的意志,你要为它服务。

单向空间正处于这样一个时刻。它代表的理念、赢得的归属与支持,使得我们这些最初的创始人愈发意识到有责任让它获得更灿烂地绽放。

最初,我们希望它是一个精神和价值的空间,能让人们逃离庸众价值观的压抑。这抵抗是快乐的,而非自我同情与悲壮式的。我们坚信文学与思想本身的巨大价值。

如今,我们越来越期待,我们不仅在这个小小的书店里给一小群人提供这样的感受,更能创造一个更大的、立体性的精神空间。它不仅存在于书店,也存在于城市的角落,存在于网络的网格中,它以谈话、视频、文章、书籍、展览多种形态出现,继续推崇开放、自由、对话的精神,鼓舞文学、思想意识的生长。

我们既与一个杰出传统相连，也去拥抱一个新的时代，包括这个时代的新技术与新语言形态。如果你仅仅抓住传统，你会陷入僵化，但只想去把握新时代，则会陷入标准混乱、无根之痛。只有两者之间的平衡，才能变成一个坚实的延续。

我们这一代是最后一代的谷登堡的孩子。在很多人感慨"阅读之死"时，常忘记了印刷书也曾代表着新技术革命。书籍从手抄变成了大规模印刷，从《圣经》到简·奥斯汀的小说，阅读进入了客厅与卧室，成为私人行为，它重组了人类生活的一切，从国家组织到个人生活。当我们谈到梁启超与胡适时，他们也是当时正在兴起的中国大众文化的产物，杂志是那个时代的新事物，他们创造了一种塑造新时代的杂志语言与知识结构。

此刻我们面临着相似的转变。互联网、社交媒体正在重塑整套理解世界的方法。我们期望单向空间进行一次尝试，我们以强烈的好奇心与开放性来阅读世界，它不仅是印刷上的字里行间，也是听觉、视觉、触觉、味觉的全方位阅读。我们不仅在空间里呈现杰出、有趣的谈话与理念，我们还要鼓舞年轻一代的白先勇、陈丹青、林奕华的出现……我们可能从一家小书店出发，成为一个新潮流制造者，所有潮流都是从一小群人开始的，从关键的少数开始的。

当然，未来的成功并非我们唯一的追求，甚至不是最主要的追求。我喜欢德国的神秘主义诗人特拉克尔的一句话——与你同行的人比你到达的方向更重要。当我们为了某种理念共同行动时，行动本身就具有足够的意义。从 9 年前第一个店员孙健、第一个朗诵者西川开始，每一个同事、每一个读者、每一位讲述者、每一位听众，才是我们最重要的财富。在"单向街与他的朋友"这个群体中，一些人会离去，一些人会到来，但我们始终希望这个空间会让人变得更高尚、更有趣、更丰富、更机智，我们要帮助彼此拓展对方的维度。更重要的是，我们为了某个高于我们自身的理想一道奋斗过，体验过人生中非凡的时刻，体验到那种人生被点亮的感受。

　　未来是不确定的，但目前为止仍是乐观的。4月份，单向空间在爱琴海延伸出新的藤蔓，它将容纳更多的谈话和更舒适的阅读环境。7月，单向空间的朋友们会在花家地的一幢四层楼再度发现他们熟悉的景象，依旧是布满爬山虎的灰墙、狭窄的玻璃窗和草地院落，这栋昔日的图书馆会让你回忆起圆明园，它是单向空间的旗舰店，也是一群雄心勃勃的新人正在开荒的新平台的驻地。

　　历史以循环的面目出现，而且是螺旋式的上升，我们相信下一个9年后，它会再度击败我们此刻所有狂野的想象力。

让一盏灯点亮一座城市

——生活·读书·新知三联书店前总经理樊希安访谈录

时间：2014 年 4 月 24 日

书籍、灯光与咖啡，使得 24 小时营业的三联韬奋书店，成为文化青年新的时尚之地。拥有老品牌的三联，希望将夜读培育成独特的公共活动，让更多人前来体验实体书店不可替代的魅力。

出乎意料的读者热情

三联生活周刊：三联韬奋书店通宵营业后，网络上有很多人都在传播这个消息，充满好奇与欣喜。我们身边不少朋友提出，要找出时间去体验一下夜读。书店 24 小时营业之后的反馈，与你的预期一样吗？

樊希安：这次读者的热情，大大出乎我们的意料。书店 24 小时试营业是从 4 月 8 日开始的，我想先试营业，看看反馈再做宣传，只在豆瓣上发布了一点消息。谁知 8 日当晚，就来了几十家媒体采访，有境内的也有境外的，还有一些媒体采访了一遍之后又来了，我们没有想到这把火烧得这么大。

从 4 月 8 日到 17 日，试营业 10 天销售情况非常好。没有 24 小时营业的时候，书店一年的营业额是 1300 万元，平均下来一天 3 万元左右。11 日，也就是深夜营业的第一个周五晚上，就已经达到了 3.5 万元，试营业 10 天以来的销售情况是驼峰形式的，周五和周末销售量激增，总销售额是 65 万多元。

三联生活周刊：你提到两个群体对 24 小时书店感兴趣，一个群体是读者，一个群体是媒体。

樊希安：媒体对 24 小时书店的关心也是让我们很意外的。夜间营业一周后，媒体报道已经有 3580 条，现在店里我、张作珍、李昕几个老总接待不过来，这是以前没有过的。新华社等中央媒体、北京地方媒体、香港媒体、韩国电视台、半岛电视台都来做报道，有些媒体好几个部门都来和我们联系。

4 月 16 日凌晨 4 点我去店里看经营情况，当时店里有 31 人，有一个女孩背着一个照相机，我问她是哪儿的，她说是《中国青年报》的摄影记者。为什么媒体会对通宵书店这样感兴趣？我琢磨了一下，现在的媒体是年轻人的天下，这一次书店 24 小时营业恰恰是捅了年轻人的心窝，媒体人都是喜欢读书的人，他们既是媒体人也是读书人。我想媒体人本来就是新闻出版行业的从业者，和书店有种唇齿相依、共生共荣的关系，所以他们会更加关心。从各地媒体对书店生存状况的关心和堪忧能看出，他们希望书店好。书店生存状态的好转也和媒体人持续不断的呼吁有关。

三联生活周刊：从你深夜去书店看到的情况来分析，什么样的读者喜欢夜读呢？

樊希安：凌晨 4 点在书店读书的读者大部分都是年轻人，女性读者居多，她们喜欢这样的生活方式，我想这可能是一个重要的原因。另一方面，市场经济发展到今天，我们面临发展选择的问题，我们一味地强调 GDP、强调经济、强调金钱，如果不强调文化，不强调心灵的塑造，我们的发展是难以为继的。我想媒体人都是比较敏锐的，他们意识到了这个问题。

三联生活周刊：书店对北京的读者阅读习惯有怎样的了解？

樊希安：现在我们还没有深入那么细，我们是在边做边了解这个市场。从这 10 天的试营业情况来看，夜间的销售额高于白天的销售，而白天的销售也得到了有效拉动。比如 13 日这一天，白天的销售达到了 7 万多元，我们往常的销售平常不超过 3 万元，周末三四万元左右。上周六的夜间营业有 400 多笔销售，来了 800 多人。

我凌晨 4 点去过，早上 7 点去过，中午 11 点也去过，一般早上的人比较少，有一次早上 7 点的时候店里只有 11 个人，我就问收银台，为什么这个时间人这么少？他们说晚上夜读的人这个时间就坐早班车走了。从现在的观察来看，夜读的读者主要是年轻读者、在北京当地的读者。外地读者也有来北京旅游顺便来体验夜读的。我碰到一位读者从上海来北京出差，本来已经买了回上海的票，听说三联书店 24 小时营业，又退了票来体验一下。这样的读者很让我们感动。

全民阅读的实践者

三联生活周刊：是不是因为现在实体书店遇到的困难非常大，三联作为老的国企品牌作出新的尝试，也给了大家一个期望，希望文化老品牌能够适应新的市场需求？

樊希安：这也是一个原因，实体书店的经营越来越难，这种风景在城市中逐渐消失，国家已经在重视这个问题。我们能够运行24小时书店，我想这里有一些前提条件。首先，这是由三联书店重视社会公益性所决定的。今年1月份，李总理主持座谈会，听取各界对《政府工作报告（征求意见稿）》的意见和建议，我作为新闻出版界的唯一代表，提的建议就是倡导全民阅读。我说希望报告能写上倡导全民阅读，几个字虽然不多，但是有导向作用，读书对于提高全民素质，推动社会进步确有重要作用。我知道总理自己非常爱读书，三联书店80年店庆的时候他给我们写过信，提出只有读书才能掌握新知。

《政府工作报告》后来把全民阅读写进去了，这是我们新闻出版战线一致的呼声，是大家的共识。阅读已经上升为国家行动，那三联书店是不是应该为倡导全民阅读作出一些贡献呢？能不能带个头呢？这是我的一个考虑。第二个考虑是，三联书店有传统，韬奋先生倡导"竭诚为读者服务"，生活书店的精神主要是服务精神。只要我们有条件，我们就为读者服务，几十年了这种精神一直在传承，24小时书店是我们为读者服务的一种新方式。

三联生活周刊：24小时营业的点子是很久之前就有的吗？

樊希安：大概2008年我去台湾地区访问，晚上去24小时营业的诚品书店，感觉深夜也能购书很温馨。我心里就想，什么时候咱们也能24小时营业？比如我白天比较忙，下班以后想去看看书。有时候正想买，就已经接近书店下班时间了。我们关门的时候，往往还有顾客想往里进。我当时还没有敢想办24小时书店，想延长一些营业时间就好了，但是当时没有条件。

三联生活周刊：主要是缺乏哪些条件？是不是对经营上的考量比较多？

樊希安：诚品书店是一个大公司经营的，是多元化的经营，销售的有服装、百货、创意产品等等，书是它经营的一部分，它有综合经营的效果，不用担心图书上赔钱的问题。三联韬奋书店因为面积所限，不可能搞多种经营，这是我的第一个担心。另一方面，台湾的气候是亚热带气候，晚上也比较暖和，进进出出都没有寒冷的感觉，而我们北方的冬天是很冷的，大家更喜欢在家里，书店到了晚上可能就很少有读者了。

真正让我觉得 24 小时营业可行是去年下半年，有两件事给我很大的启发。第一，这两年我们把二楼租给"雕刻时光"来经营，前两年我去雕刻时光喝咖啡，空位很多，去年下半年以后，我发现去了找不到位置，我发现，地铁 6 号线开通后，美术馆这里交通更加便利，客流明显增加。

更重要的是，国家开始重视扶持实体书店。去年底，国家新闻出版广电总局会同财政部开展实体书店扶持试点工作，12 个城市的 56 家实体书店得到 9000 万元补助。北京有 5 家，其中只有我们一家是国有企业。虽然分给我们的只有 100 万元，但是很温暖。我当时就在想，这 100 万要怎么使用？去年底财政部、税务总局出台新的税收政策，对实体书店的增值税予以减免，国家免收的税收一年在 33 亿元左右，那么也就是实体书店增加了 33 亿元的收入。以三联韬奋书店为例，我们去年的盈利是 40 万元，假如我们不交税，我们的利润是 100 万元。那么，如果国家拿 100 万元，我们自己能挣 100 万元，加上我们夜间经营肯定也会有经营的成果，我脑袋瓜一下子就清晰了，24 小时书店能成了。

另外，我发现周边的商圈也在逐渐形成，南边有王府井步行街、商务印书馆、人民艺术剧场，西边有美术馆，东边有隆福寺商圈、长虹电影院，我们三联书店有韬奋图书馆、读者俱乐部、书香巷，我们自己打造的三联文化场已经见到成效，这周边的文化氛围更加浓厚。

三联生活周刊：也就是说如果经营夜间书店，每年需要 200 万元的开支？

樊希安：房子是我们自己的，书店晚上的时间闲着也是闲着。24 小时营业主要的费用来自人工成本，其他的费用还包括电费、水费等等，第一年还需要换一些空调，增加冷风和热风的供应，书架要更换，门脸的美化，书店前停车场的平整，头一年我们需要 200 万元。不过成本会逐年减少。如果我们经营得好，即使国家不拿那 100 万元，我们也能自负盈亏。

老品牌的创新

三联生活周刊：不少人在讨论，为什么三联韬奋书店会成为北京的第一家 24 小时书店？这么多民营或国营书店不去做这件事情，是不是说明这个市场非常有限？

樊希安：据我们所掌握的信息，除了台湾的诚品书店之外，成功的 24 小时书店并不多。上海开办过，但是也遇到困难。我到全国各地都去新华书店，我们也探讨过夜间经营的问题，有新华书店开了 24 小时的书吧，但是它的消费比较贵，可以喝点茶，谈谈事。PAGEONE 是周五、周六 24 小时营业，北京有一些书店正在筹备开 24 小时书店，也有人说被老樊抢了先。我确实一直没有和别人说起这件事。整个三联书店的经营形势比较好，去年的营业收入达到 2.7 个亿，利润达到 6400 万元，我想国家给拿了 100 万元，韬奋书店自己有经营收入，三联书店再拿一点钱，我们服务读者是应该做也必须做的。我能感觉到大家对三联这个品牌的尊重，很多读者也是冲着三联的图书来的，虽然我们店里卖很多出版社的图书，但是三联的图书还是很多的，他们认为三联是知识分子的精神家园，他们也对三联书店有更多的期待。

这些年我们的社会公益事业也在逐步延展，韬奋图书馆是全国第一个出版社面向社区的图书馆，完全是赔钱的，每年我们也要有 300 万元左右的投入，哪怕开放日来一个读者，我们也服务。24 小时书店也是为读者服务的延伸。在我心中，这种 24 小时营业不仅仅是时间的拉长，而且是整个经营的升级、转型和换代，提高我们的服务质量。

第三个考虑是，我想在国家利好政策的情况下，改善我们的经营，拓展我们的经营模式，我们以前没有尝试过 24 小时书店，那就试一试，也有人表示怀疑，我说我们努力去办，如果办不下去了，关张就是了，我们就知道，我们在北京、在三联书店做不了这样的事情，也不留下遗憾。从另一个角度说，我觉得这也能提高我们的品牌影响力，韬奋书店刚开办的时候，是北京一道亮丽风景，也是一个标杆店，后来有经营不善的问题，我们也是想通过 24 小时营业重振雄风。

三联生活周刊：这会不会使得三联书店在出版内容的导向上，今后会更接近年轻读者？

樊希安：这件事情给我们一个启发，我们还是要坚持创新。我们在经营的模式上有创新，我们在图书的出版上也应该打通一条新路。现在也在实施这样一些新的战略，过去我们三联书店提出来品牌战略、人才战略和企业文化建设战略，现在我们提出的新战略是坚持数字化出版，坚持国际化。我们现在也在把《三联生活周刊》的内容分为春、夏、秋、冬四个卷在法国出版。我们现在要求各个分社能够独立自主、自负盈亏，能够有更多的自主权，每个人的创意都能不断涌现，通过我们的激励模式调动每个人的积极性。

三联生活周刊：你有没有做过坏的打算，万一在经济上很不划算的话，会有一个多长的试验期？

樊希安：开始的时候，我心里也不是很有底，我的主要经验是在图书出版上，不在销售上，但是我这个人比较爱闯，敢于尝试。24 小时营业能不能长期坚持下去也是关系到三联书店名誉的，其实我心里一直是忐忑不安的，有一点底的地方在于我算了一笔账，投入并不多。韬奋书店背后毕竟有三联书店这棵大树依靠，国家给的 100 万元点燃了我们的热情。我心里没底的是客流，我想为读者服务，但是晚上如果没有人，读者如果太少，我们 24 小时营业的必要性就要考虑了。

让人高兴的是，经过了 10 天的试营业，韬奋书店 4 月 18 日晚正式成为全天不打烊的 24 小时书店，给我们这个老品牌带来了新的活力。

书店体系的挑战

——万圣书园创始人刘苏里访谈录

时间：2015 年 3 月 24 日下午

地点：回龙观净悟真茶馆

我的书店地图

严彬：首先想请您谈谈万圣书店创办之前，从 1980 年代开始，包括整个 1980 年代及 1990 年代初，北京的书店大概是什么样的环境？

刘苏里：1979 年，从东北乌苏里江江边来北京读书。1992 年，万圣实际开始运营，店庆日是 1993 年。你想，我一爱买书的人，来北京之后，1979 到 1993 这 14 年时间，恐怕最重要的事情就是探索北京的书店。我买书，不重藏书。我也不是纯粹对书店有什么好奇心，喜欢探宝的人。买书就是为了看，用，很简单。

说起我的书店地图，最重要的恐怕是西绒线胡同甲 7 号。我相信，对北京书店稍有了解的人，都知道这个书店的故事，——它其实是个内部书店，隐在一个胡同里边，门槛很高，进去需要出示处级以上单位介绍信。书店以销售社科类图书为主，也有人文类书籍，以哲学和历史书为主。常去的再就是海淀镇的两家书店。

严彬：那时候海淀还是镇？

刘苏里：对，海淀镇。当时在北大读书嘛，从老虎洞穿过去，就到海淀镇。一家是中国书店，另一家是新华书店。转得更多的，实际上是北大校内的两家书店。一家新华书店，进货比普通新华书店讲究，地方不大，挺精致。还有一家三角地书店，不好意思，名字给忘了。王府井新华书店，上大学后期常去。王府井还有个内部书店，在大街的西北边，小小的门脸。那时中国还未加入伯尔尼公约，盗版书，港台书偷偷卖，只让中国人进，不让外国人进。

严彬：扬之水的《〈读书〉十年》中多次提到一个内部书店，和您那家是同一家吗？

刘苏里：应该是指西绒线胡同那家。

研究生后期和毕业后，又增加了几家书店，有一家新华社开的，在长椿街附近，大概叫新闻书店吧，经常去。下来就是五四书店，三味书屋等等。三味书屋1987年开张，去的次数最多，有一段时间天天去。对了，可不能忘了社科书店。在老北京站站口东南角。书店对面是一家很老的酒店，白色的，北京国际饭店吧？社科书店位置上有点儿像三味书屋。一个西边，一个东边。认识何非以后，才知道社科书店那时是他管着。何非之后黄大姐管过很长时间，现在还开着。

严彬：你们当时都关注什么书？

刘苏里：社科类为主，政治学、社会学、教育学、心理学，包括军事类书籍。人文类，主要是哲学和历史学，偶尔也买文学类图书。

严彬：当时有没有对您影响比较大的书？

刘苏里：那很多了。《古拉格群岛》啊，《1984》啊，《第三条道路》啊，《早期教育与天才》啊，都是那个时期买的读的书，还有麦德维杰夫写斯大林的几种书。关于赫鲁晓夫的秘密报告，都是从麦德维杰夫兄弟的书中看到的——麦德维杰夫现在变成一个左派了。还有就是南斯拉夫作家，以及东欧经济学家的作品，像雅诺什·科尔奈的，奥塔·希克的，沙夫的……等等。历史类书买的读的也比较多，比如《光荣与梦想》、《第三帝国的兴亡》、《布拉格之春》，还有戴高乐的《希望回忆录》。1986、1987、1988 这几年，我常去的书店还有两家不能漏掉，一个是商务印书馆门市，另一个是中华书局门市，它属于我选书的甲级去处，几乎每周都去。一部分汉译世界名著和中国古代典籍，是在这两家书店买的。

严彬：商务印书馆的门市部大概已经被后来的涵芬楼书店取代了，而中华书局的门市部灿然书店去年也因地铁施工暂时停了业。

刘苏里：是。还有一些零零星星去的书店，比如群众出版社门市，人民文学出版社门市，一年去个两次三次。

严彬：索尔仁尼琴的一些书，包括《古拉格群岛》、《伊万·杰尼索维奇的一天》等，1980 年代都开始在群众出版社出版了。以上差不多就是您个人的书店地图。您在开店之前做过老师？

刘苏里：1986 毕业后留校任教，名义上一直到 1989 年。为什么说"名义上"

呢？从1984年开始，读研的第二年，便参加了几个机构的"改革"调研和方案讨论、写作。刚毕业就被借调到某部门。回校授课的时间很有限。再者，1989年之后，名义上的身份还是老师，没再领过工资。

我的书店主张

严彬：那几年是转型期。您当时为什么会选择开这家书店？直接导致您开书店前后的原因是什么？

刘苏里：至少有两个因素支撑我和万圣另一位创办人甘琦，想到开一间书店，一是养活自己，现在听起来像个笑话。为什么？你们这代年轻人还有谁强调自己养自己？一毕业就是自己养自己。纯粹按指标的分配，早就没有了嘛。1980年代，你吃不吃国家这碗饭，是个挺重要的选择。公职人员大批下海，是1992年以后的事情。

其二，心里头怀揣一个想法，我们这代人很难丢掉的一个心结。总要想办法在力所能及的情况下，有表达，要说话。办报不行，办电视台更不行。琢磨来琢磨去，觉得开书店是个办法。再加上小时候没书可读，做梦都想开个书店，满足自己读书不花钱那点愿望。开一家书店，也算圆了这么一个梦。

严彬：那时候万圣是什么样的一个规模？

刘苏里：不大，在北三环西路，理工大北门向东、友谊宾馆北门向西，营业面积不到90平米。加上各种附属面积，库房啊，办公室啊，也不是太小。1993年5月试营业，10月31日正式开业，在当时还是引起一些轰动。尽管万圣前面有了老牌的社科书店、五四书店、三味书屋等等，海淀图书城也已开张了，规模挺大，未名书店、社科书店、学海、九章算术等等都落户在那里，还有几十家出版社的门市。

万圣开张以后引起不小的轰动，可能与我们的定位比较纯粹有关，——彻彻底底的学术思想类图书，是万圣的主力售卖品。其次，不依赖图书批发市场进书。我们很清楚，供应商一定以出版社为主，就是直接从出版社进货，尽管有相当难度——谁知道你是谁啊，上来就跟出版社进货。这样一来，万圣相当于一手采购，没有经过别人筛选，直接从出版社手里进货。因为货品是直接筛选，会比一般书店看上去品种不那么大路化，有特色，比较好地满足我们的定位。假如中间有人给你筛选过，通常是什么好卖卖什么。而万圣从来不以好卖为标准进书。第三，速度比别人快。万圣的努力方向，始终有一个第一时间到货概念，这个传统一直保持到今天。

严彬：很多人都对万圣这个名字挺感兴趣的。当时为什么取名叫万圣？

刘苏里：这个故事知道的人已不少了。"万圣"这个名字跟创办人的出生日期有关。但选中这个店名，上述原因肯定不是唯一的。我们这代人，好像天生负有某种使命。1980年代以来，在检讨中国落后原因，检讨中国和世界关系时，常会问"问题的症结在哪里？"比较早地，我们意识到东西方交流存在大问题。不是什么刺激－反应啊，压迫－反抗啊这么简单的模式。

问题在于，我们仅仅以此认知与外部世界关系的话，能把自己的事搞好吗？我们因此有一个想法，或者说有一个目标，怎样做一家哪怕很小的书店，搭起东西方文化交流的有机平台。我起草的开业致辞上，专门表达了这一层意思。很可惜，现在找不着那个致辞的原文了。仔细看，你会发现我们的店标与店名有不一致的地方，又有一致的地方。店标的上半部分，实际上是贵州傩的面具，下半部分，是印第安鬼的形象。西方的万圣节不是鬼节吗？我听说，贵州也有鬼节。我们把两个鬼弄到一起去了。但很多人并不知道，两个鬼节具有完全不同的文化含义。贵州的鬼节是丰收后举行仪式驱鬼，西方鬼节是丰收后让鬼这个神灵佑护下一年的丰收。但我们让它们和谐相处在一起。说到店标，还要感谢万圣的设计师王全杰先生，从店标到今天的许多设计，都出自全杰，23 年他和万圣一路走来。也算是个故事吧。

严彬：万圣从 1990 年代到现在，我觉得它已经超出了原先一个书店的意义，包括很多人对它的评价，从小里说可能是这个学院区很有学术含量的一个精神地标，往大里看，其实您好像谈过，它很大程度上也是中国民营书店一个旗帜性的存在。季羡林先生也讲过，"万圣有其不可替代的地位"。您怎么看待这些评价？对您来说，是不是有更大的压力或者责任？

刘苏里：所谓"旗帜性的存在"不是我的说法。那也太自恋了。我确实说过万圣不可复制，这也被我们自己的实践所证明——我们自己都无法再复制自己。

人不能在评价当中活着，一个书店也是这样。外界赋予万圣诸多褒奖，虽然其中有很多想象的东西，但我愿意相信褒奖是对万圣寄予更多的期待。如果说外界评价对我们有什么影响，只有一方面吧，就是使我们要持续办好这家书店。它激发出的是你的责任感，——你在最困难的时候，比如涉及关店还是继续办下去，你的考量因素就增加了一个。日子愈久，这个考量因素的权重越来越大。

我觉得，万圣不光是办下去，还要办得高水准，外界褒奖成了很大动因。但它肯定不是最重要的动因。就做事情来讲，我们信奉一个基本哲学，这在我太太焕萍加入万圣后，成了信条，就是靠着每天进步一点点，把事情尽可能做得完美。季老的评价，看做修辞好啦，没谁是不可替代的，何况万圣。

严彬：二十几年下来，您有没有对书店的经营思路有过调整？

刘苏里：当然有。

调整源于我们给自己设定的两个目标。我们通常把它概括、比喻成"鱼和熊掌"的关系，也就是生意目标和理想目标，它们能够同时实现么（鱼和熊掌兼而得之）？一段时间以后，发现非常难做到。两个目标确实有打架的时候。于是有了第一次调整，从"鱼和熊掌兼得"，到"鱼和熊掌先后得"这样一个转变。此外，书店的目标还加了一个，即"万圣为学"，也是焕萍总结出来的。当然，这个转变是技术性的，因为两个目标都没有丢弃，到后来我们进一步体会到，鱼和熊掌是一块硬币的两面，可能同时得到，因此又有了"鱼和熊掌同时得"的变化。

但两个目标一定有个先后顺序，即使你想同时得到它们。到第三个层面，你看它的先后顺序和同时得之间的矛盾，是怎么被解决掉的，其中的线路很清晰：作为一个生意，所有操作层面都很硬，来不得半点虚假和矫情，在焕萍加入以后，它们变得真实可感，且有了根本性的改变。而第二个目标，在实现纯粹生意过程中，它已经是题中之义了——没有硬的生意操作保障，你如何实现它？而作为灵魂的第二个目标，给第一个目标确立了方向，使其不至迷失于各种诱惑。我这样说，是因为万圣有过暂短的教训。这个故事很长，这里就不讲了。我再举个例子。比如把书籍类别分得精道，精心陈列、展示和摆放，让读者不论从视觉上还是专业角度，更易于识别和购买。它是商业行为还是文化行为？很难区别开来。甚至可以理解为，它是经过一道商业语言翻译的文化理想的呈现。

后来，在此基础上，万圣有了一次更大的转变，从一个交流、沟通平台转为包括文化在内更广泛意义的"公共空间"。尽管从一开始就有这个说法，但它没有得到特别强调和突出。更早的表述是，万圣是一个"去处"。只要查万圣早期文献，就能查到这个说法。但"去处"太模糊，太诗化了。我认为到抽象出"公共空间"的时候，万圣才最后完成了蛹化蝶过程。

严彬： 这个过程的完成有没有一个标志性的东西？

刘苏里： 有啊，最后将其物理化，是在 2001 年。想法产生于 1996、1997 年，四、五年后得到实现。这就是万圣第三次搬迁，落脚在成府路。万圣开了"醒客咖啡厅"。创办醒客，是蛹化蝶的关键环节。有一位读者诙谐地描述了醒客存在的意义：从进门，走到后通道，可以听到中国问题的几个解决方案。当年人们来醒客，消费在其次，访同道，争论公共话题，才是主要目的。今年是醒客开办第十五个年头。熟悉万圣的读者，还能想象没有醒客的万圣么？

严彬： 后面我也会提到，90 年代的书店生活大概很多年轻人不大了解。当时书店同时提供卖书和阅读交流的环境，那种情况应该不太多吧？

刘苏里： 有，但万圣"公共空间"意义上的，恐怕很少吧。

办一个"公共空间"的想法，并不是我们先知先觉，某种意义上，是被逼出来的。我们第一次迁址，从三环路上的三义庙到了成府街——很可惜，它被拆掉了。成府街那个店很有意思，店面只有 49 平米，外面却有一个很大的露台。将近 20 平米。店面太小，一开门，顾客迎门，真的顾客迎门，自行车经常把那条路堵上。店面通天通地摆的都是书，根本没有读者聊天的地方。那些经常来买书、见面的朋友，就站在露台上聊天，春夏秋冬，刮风下雪都阻挡不了他们。那个露台跟个小广场似的。

严彬： 是不是有点图书馆的感觉，读者来找书，又可以读书，还可以作一些轻微交流。

刘苏里： 我不赞成把书店办成图书馆。但说到图书馆，有一段故事可以讲讲。

大约 1996 年，万圣办了一间公共阅览室，叫"万圣书坊"，在高台阶店面斜对面。在那里，我们还尝试着办了比较私人性质的读书俱乐部，卢跃刚、张树新、冯仑、翟学魂、孙陶然、徐征夫妇以及徐小羽大哥，还有我的学生陈杰都是俱乐部的创始会员。书坊供借阅的图书，主要是个人藏书，很多书挺珍贵，也丢了不少。

言归正传。读者在露台上，谈书是少不了的，但更多是谈论公共话题。万圣是第二个落在城府街的店家。比万圣早的是一家叫"千鹤"的日本餐馆。很快，雕刻时光很有眼光地在那里开了第一家店。后来各类店家多起来，光碟店、餐馆、酒吧、租书店……光茶馆就有三家。

严彬：通过书店，形成一个公共氛围了。

刘苏里：这些店家也促成我们最后下决心，一旦条件成熟，一定要辟出一块地方给大家谈天说地，讨论公共话题。有这么一个实在的物理空间，而不再是一个头脑中的想法。

这个想法从 1996 年开始埋在我们心头。这里不能不提对万圣很重要的人，中青报资深记者卢跃刚。一日夕阳斜下，他老兄站在露台，大手一比划说，为什么不把这条街搞成什么样什么样，成为北京的文化一景？

他说这话的时候，我们有一个更好的地方。在哪儿呢？我们的库房，有 190 平米，有将近 10 间房子，大概也有个百十平米。还有一个巨大的院子。那个地方最适合辟成一个公共空间，稍微改造一下，就是一个非常漂亮的地方，而且价格很低。

在城府街上待了五年，所谓的公共空间，依然停留在修辞意义上，将其物化的决心还没下定，还在一个文化交流的平台概念中打转，虽然那个露台早已给我们视觉上以巨大冲击。

严彬：之前没有一个借鉴？比如从国外？

刘苏里：哪有！我们开书店的时候，说实话，对国外的书店，特别是独立书店，完全没有概念。最早介绍国外书店的是钟芳玲女士，大概 1995、1996 年三联书店出版了她的《书店风景》，才第一次对国外的独立书店有了画面感。此前，经验中的书店，都不太合适作为我们这种类型书店的模板。

你知道，一家书店相对同类书店是不是更专业这一点，是影响一家独立书店发展的关键。专业性是一家独立书店最核心的要素。只有专业性才是无穷尽的，没有最终的标准。有些事能做到穷尽，只有专业不能穷尽。

严彬：是不是可以这样说：您是开辟了一种书店的新形态？

刘苏里：非要这么讲，万圣有信心接下这顶桂冠。万圣是专业类型独立书店的开先河者。同时，专业性对体系有严格要求。打造一个体系，而不仅仅是办好一家书店的概念，就产生于对书店专业性的思考。

严彬：刚刚您也谈到，其实书店生存发展过程，有一个生意与理想之间的取舍和平衡。在这个过程中，实际上很多书店都在不断的没落、倒掉了。您怎么看书店的这种兴衰？

刘苏里：纯粹从一个生意来看，一死一活是自然规律。有死亡才有新生嘛。独立书店是书店的一种类型，其创办的意图，以及它的特质，我个人认为在很大程度上刚才讲的那个规律，不是不适用于它，而是最少适用于它。什么意思呢？独立书店这件事，人们对它的向往以及动手为之，首先不因为它是一个生意，虽然它首先是个生意。

严彬：但有的人仅仅凭个人兴趣就想做一家书店。

刘苏里：有些人是这样，没什么理由，就是想做一个书店。菲茨杰拉德《书店》女主角不是说了嘛，"我就想在小镇上开一个书店。"

这个世界上，想开书店的人特别多，但是真正开成的非常少。我猜想，大多数创办独立书店的人，实际上有一个想法在支撑。不为挣钱，而是为了千奇百怪的理想。总之是有一个非商业的原因，让他／她创办这家书店。但问题正出在这里，书店首先是个生意，把生意做好还是非常关键。可我们最后看到的局面，并不完全是这样。看着一家家书店日子从难过开始，最后纷纷关门，还是有一些遗憾。

严彬：有时候我觉得书店它在很大程度上有一个公共空间的价值在里面。那它是不是有可能需要被豢养？作为生意，我们现在来看，很多书店因为一个理想而开业，如果没有一个别的东西支撑它，很多在经营的过程中就支撑不下去了，这个社会赋予一家小书店、民营书店的环境是不那么理想的。

刘苏里：你这个问题就是刚才我们谈到的那个问题。这件事本身的复杂在于，进入的时候，首先考虑它不是一个生意，可是你要想让它存活，必须要把它作为一个生意对待。我的观察，恰好在这个转变中，多数店家出了问题，由此产生各种各样的心态，对读书界、读者，对阅读环境，乃至对社会有了看法：我在为社会做贡献，可是大家不买书了，社会江河日下、人心不古。说明他／她没有想好，试图像一个商人一样做生意，好比战争中的一名战士——进入战场前，还没想好如何做一名战士，怎么把仗打好？

严彬：死得快。

刘苏里：或虽然他／她已经有这个心了，但经营不只是一门技艺，更重要的是观念和意识。生意是皮，你的想法是毛。皮不在了，毛将附焉？这个说法虽然有点残酷，但道理大致如此。

万圣的品格

严彬：接下来我们谈一些细节的东西。万圣目前来看，它大概有多少个品种、多少本书在售，包括它的类型和数量，大概是一个什么样的分布？

刘苏里：最新的统计，去年年底，是 7.3 万在架品种，以万圣现有面积，是一个很大规模的品种量。副本量有 4.2、4.3，一乘，大约有 30 万册在架图书。万圣是专业零售书店，以学术思想类图书为主。但也有两三个小类书和专业性关联不大。一是我们考虑那些买专业书的读者，顺道为自己孩子带走的读物，大概有几十种、一百种的样子，偶尔会有若干种跟心理健康有关的书。

严彬：养生？

刘苏里：不是养生，与"城市病"有关。还有一类是有关书的书。我们辟出专门地方摆放。还有一小部分跟动物，猫啊狗啊有关的品种，跟人的趣味，以及人与动物的关系有关。

文学、艺术类作品，市面流行的书，都是在我们一个想法之下得以进店。可以说，绝大多数，百分之九十几的进店品种，都与某个问题意识有关。比如有关波希米亚风格的、背包族的，甚至旅游图书，都是在某个问题意识下才得以进店。因此，那些市场再流行的书，如果没经过一道问题意识过滤，专业的过滤，是不可能进来的，再好卖也得放弃。万圣从来不会因为一本书好卖而进它，只要开这个口子，你很快就会跟别的书店形同神似。

严彬：这个本来是我的下一个问题，万圣选书的标准，实际上刚刚已经谈了。那么万圣书园里面有没有极为小众，很可能只有万圣才有的那种书？

刘苏里：理论上应该没有，不可能做到。网上书店全品种覆盖，大书城也几乎无所不包。但你说的这个情况，确实也是万圣一个很重要的特点，而且慢慢成了神话。什么事变成神话，就有符号意义了。不容易找到的书，"到万圣去找"，这成了一个神话。为了维系这个"神话"，花去我们很大精力，为此付出极大代价。

当然，话说回来，光说付出代价，就很矫情了。你付出这样惨重代价，怎么还活到今天？这里的秘密是，经过一个漫长的，一般商家忍受不起的时间，这种代价转化成你的正向资产。恰好是那些"卖不出去的"书，支撑了"找不到时找万圣"的"神话"。"神话"的传播，招来了更多读者。这可以把它看成一个忍鲜有人能忍的代价变正资产的例子吧。

严彬：别的地方都买不到的书，他就会第一反应，万圣是不是有这本书，他可能会到这里找到。

刘苏里：对。很多人只为他想要的那一本书来，但却买走另一堆书。我们曾经统计过，七万多种图书，每年动销的品种，卖出一本及以上的，只百分之六十多一点。将近三万种书，一年一本都卖不出去。谁肯付这个代价？

严彬：也要放店里。

刘苏里：对。我们很快意识到，你的存活很大一部分原因是因为那些卖不动的书，你仍让它占着架位，而且该摆哪儿摆哪儿，不因好不好卖区别三六九等。

严彬：有的人尽管是冲着一本书来了，但未必只买一本书。

刘苏里：你的做法造成了一个"神话"，而你持续做，那个"神话"就持续在。

严彬：万圣书园从一开始其实赋予很多您的个人色彩。个人跟普通读者之间，跟大部分读者，又可能会有一些冲突。您在这个过程中有没有一个平衡和取舍呢？怎么样去调整自己的这个色彩跟书店的关系？

刘苏里：这也是我们很早就意识到的一个问题，在书店开业三四年以后吧。长期以来，万圣一直在两个向度上努力，一个是去个人色彩，一个是增加它的公共性上，一枚硬币的两面。具体说，就是卖书要有公共意识，不能以个人立场为标准进书办店。个人立场可以很鲜明，可万圣作为公共空间，应尽可能避免带入个人立场。那么做，也有悖于我们坚持的自由主义原则，我甚至相信，长此以往，它会伤及书店存在的意义。

当我们明确"去个人化"策略，万圣只需要坚持"不论你是什么声音，看你是否言之成理"为原则，进书、办店。正因此，开始一直有人指责万圣为什么这个书也卖，那个书也卖。很多人知道我的立场，认为万圣不该卖这些书。我很理解这些读者人的抱怨，但万圣不能苟同。

应该讲，这个过程还在进行当中。我们保持住了万圣的公共性，而不以我们个人立场为卖不卖什么书划出边界，这是第一层。第二层，完全从经营意义上讲，怎么去我个人化，也是个问题。"人存政举、人亡政息"，对一家小书店来说，承受不

书店篇

起，因为你多少也知道一点，不知道哪天天上下雨就会砸着我。书店生存出问题，我觉得不止是万圣的损失。

因此，从经营这个向度上，早在十几年前就有安排，保证在我缺席情况下，书店照样运转。不仅焕萍10年前就掌舵万圣，我们还带出一个非常精明强干的中层以上经营队伍，从采购到店面、从信息到物流，包括财务和行政等部门，每一关键岗位，都有非常厉害的小伙子、姑娘们把门，而且很职业，也很敬业。就算我和焕萍都不在现场书店照样自动运转。就拿付款为例，大量财权事实上掌握在部门主管手里，通过授权，他们可以自主决定如何对外付款。

招聘也是一样，无论我们是否出差在外，只要需要，行政部门正常招人、培训。绝大部分事务，都可以通过一套非常成熟的标准进行处理。这层意义上的去个人化，应该讲也很成功。

严彬：它越来越成为一个现代企业。

刘苏里：实际上万圣是个小微企业，但管理上现代化比重已经很大了，具有很强自主运营的能力。

严彬：您认为书店的采购部，是特别核心、专业化程度特别强的，能不能举一两个例子，故事性的说一下。

刘苏里：万圣的采购是一个非常复杂的体系，它的全部目标指向一个——怎样在第一时间尽少遗漏地采到符合我们书店专业系统化要求的图书，这是第一；第二，极强的补货能力；第三，保证进、销、存、退有一个平衡；第四，甚至是最重要的，维持与供应商的友好关系。外界或有不知，万圣靠其信誉，赢得了供应商普遍信任。

采购体系完全是为前台服务的，要说故事，可以说数不胜数，也可以说没有什么特别故事。早期故事与我个人有很大关系，没啥好说的。体系建成以后，采购部门基本照章做事。补充一句，搭建这个体系花了很多年时间，不是两年三年。

我一直强调，自己也是这么做过来的，就是采购人员一定要**抵达**现场，乃至供应商的仓库，我至今认为这是采购的最高境界。我们的国家地域太大，出版社很分散，有了网络以后，很大程度上解决了"隔山买牛"这件事。有关一种书的信息，书名、作者、开本、定价，甚至封面、内容介绍都有了，出版社已经做得很精细了。

即便如此，我依然强调抵达的意义。因为学术思想类图书的出版，以国营出版机构为主，它们标准化作业，未必符合你的要求，很多时候，有些重要品种，书目、网站上都找不到了，怎么办？抵达！我在一线做采购时，最远到过西藏人民出版社，到它的库房去。主管发行的副社长说，你是第一个到社采购图书的民营零售店主。

万圣采购部主任梁军，每遇订货会，带领一班人马，连续三四天，挑灯夜战，跟打仗似的，已是家常便饭。我敢说，他是业内第一流的采购主任。

万圣采购体系，包括对供应商分类标准，退货程序以及标准等等，就是这么一点点积累起来的。虽然情况有了变化，做法也有改变，但基本精神还在。

严彬：我们知道，对于读者而言，进书店能够见到什么样的书和他最终会购买的书有很大关系。就万圣来说，书的上架有什么规律？什么时候书会从架上撤下来？

刘苏里：那是店面的一套规范，恐怕一点不比采购简单。有时我开玩笑，书店虽小，但其经营的复杂程度，并不比一个飞机制造厂差到哪里。店面的专业体系靠什么来维系呢？这里不能不说说万圣的"产品"概念。是我们在独立书店历史上首次提出书店是个"制造商"的概念，就是说，万圣首先是制造商，其次才是个服务商。

就拿出版的任何一种图书来讲，在万圣它只有零部件的意义，它并非成品本身，只是我们制造产品的零部件和原材料。小到一个主题，大到整个书店，都是不同类型和规格的产品，再往大里说，书店、咖啡厅加在一起，以及因此烘托出的气场，是一个更大的产品。这个产品是什么？就是公共空间。具体到书店，拿分类讲，只要你仔细看，会发现万圣这套方法早就打破了中图分类法标准，它根据学科的专业性以及人们购买心理、方便程度几重因素，创造了一个分类体系。

如何实现分类（即产品制造）的核心价值？通过陈列、展示和摆放。万圣的书籍陈列、展示和摆放，尽可能做到每一本书摆在什么地方，摆多长时间，都是在一套想法指导下完成的。否则，你连新员工都没办法训练，这是其一。其二，让那些和万圣一起成长的读者，慢慢通过你的陈列、展示和摆放规律，来认识整个书店的产品分布逻辑，久而久之，那些老读者都会发现，哪些书下架，下在了什么地方，他们照样能找得到。如果这件事做得太随意，一个老读书带新读者来访，他如何找得到书？

我们还有一个做法——早些时候是上海一家出版社的社长给总结的——具体品种分为软卧、卧铺、座位、站票，也就是店面根据其与万圣主力售卖品种的关联程度，予以呈现的标准。非常实用。

有时候出版商开玩笑说，给我们的书买的什么票啊。我说你们的书一来就不可能享受包厢待遇。他哈哈大笑。我们的下架和上架逻辑是一致的，下架也是梯次下架。平台与平台也是不一样的，还有平台和架上的关系，很复杂。总之，万圣的产品陈列、摆放，实行的是封建等级制度。但这个等级制的标准，不是好卖不好卖，而是与我们专业定位的符合程度。因此，那些不被多数读者关注的重要著作，照样可以神气活现地站在最重要的位置上。

所有这一切，都是焕萍带着前后几任"学术总监"和上架副店长完成的。万圣不能忘记对此作出卓越贡献的张晓辉、黄湘和应亚敏。现在负责上架的是邱青竹。

严彬：我也看到一个数据，针对万圣的顾客，大概说是有一个"三三制"规律：有三分之一是来店购书，有三分之一网上销售，还有三分之一是海外读者。很难想象，万圣居然还有三分之一的海外读者，像这样的一个顾客的分布，是怎么样形成？

刘苏里：这个说法有误。这个说法原始文本是我的，但所谓三一三十一，指的是销售额的构成比例，即销售额的三分之一来自北京市内读者，三分之一来自于北京市外、中国境内读者，三分之一来自境外读者。"境外读者"部分，来自两拨人，一是外国人或境外机构，一部分是大陆在海外工作、留学的读者。

从这个销售比例上看，万圣可担当得起一个国际性书店的名声，——它早已不是一个地方性、社区性书店。也许你会觉得奇怪，为什么北京市仅仅提供了三分之一的销售。你知道，一家独立书店60%到70%的销售，是2.5公里范围内读者提供的，而万圣2.5公里之内读者贡献的图书销售额，大概在7%–8%之间，只有普通书店的十分之一左右。

严彬：有很多书店的地理位置特别重要，像您现在这个，也许再搬一个地方，销量仍然有一定的保证。

刘苏里：我举一个例子，能看出万圣的非地域性或它的"国际性"来。"非典"

时期，由于我们外地－境外读者多，"非典"5月底6月初结束后，一般书店很快恢复了销售，而我们一直到年底和次年元月份才恢复正常。

为什么呢？"非典"结束后，外地来的人少，境外人士更少来。直到10月、11月，他们才慢慢朝北京动活。同样的道理，很多时候大家日子都很难过，我们日子过得还不错，因为我们有百分之六十几的销售和当地没关系。

再比如说假期，大部分独立书店都是淡季。可假期正是我们比较旺销的时候。国际会议、学术交流、跨省跨国培训多了，因此来的外地人、外国人也多起来。七八月份，别人最淡的时候，我们的销量也不会减下来。

严彬：万圣在网站上也卖书，通过网络销售。

刘苏里：占比比较小，但近年逐渐增加。

严彬：到店面来，以前万圣也有旧书、特价书的。

刘苏里：没有旧书，只有特价书。万圣从来不卖旧书，特价书现在还有，新店一进门左右手两边很小一块地方。

严彬：没搬家之前，我在万圣买过一些"走向未来丛书"、"新世纪万有文库"，一些非常经典而又便宜的好书。

刘苏里：店里经常能淘到非常便宜的品种，现在也是，前些日子，我做订单时还发现被买走了一册两块多定价的书。最新的案例，是一本1993年紫禁城出版社出版的《书画装潢沿革考》，作者是王以坤，定价3.80元。虽然有些惋惜（这样便宜的书原价被买走了），我还是为这位读者高兴。所谓特价书，赚钱也不是主要目的，市场上，有些书被贱卖，看着可惜，经过严格筛选，采回来低价卖给读者，算是我们的一点心思，——对读者多年支持万圣的一点回馈吧。

我看书店的未来

严彬：您怎么看豆瓣书店这类专门卖打折书的书店？

刘苏里：我跟"豆瓣"老板也认识。应该说，它们做的比较纯粹，比较精致，我很喜欢，也去买书。豆瓣至少给读者提供了一种选择。毕竟图书定价，对一批读者还是构成门槛。万圣的读者在这件事情上恐怕是敏感度最低的一批人了。维系一个高品质事物，任何一个事物，没有高投入是不可能的。

我们较高的售卖价格，是在各种各样商业竞争态势冲击下，最终固化的，这个规矩为万圣的读者所认同。我相信，我们的老读者早就意识到，比较万圣整体上提供给读者从环境到产品的优异品质，他们觉得物有所值。很多方面，万圣与读者是相互塑造，品质与价格的关系认同，就是一个典型例子。

严彬：从去年开始，24 小时书店好像是特别火，您怎么看这个现象？万圣有没有可能走这一步？

刘苏里：没有可能吧。

严彬：您怎么看 24 小时书店？

刘苏里：我不认为这是个方向。就我对独立书店的理解，这么说吧，它的特质，第一不需要，第二没有能力支撑 24 小时营业。

从上世纪 1990 年代初以来大陆中国 24 小时书店的历史你也能看出来，没有成功先例。当然，会不会出现"黑天鹅"，也很难讲。至少今天还没有发现 24 小时书店中的"黑天鹅"。我这样评价 24 小时书店，不是说它不能尝试，而是说它不是一个具有普遍意义的方向。没有成功的案例，并不意味着它永远没有成功的可能。

严彬：您先前接受媒体采访，提到过一个书店大面积的消亡的判断和时间点，在 2018 年左右。第一，这个时间点您是怎么得出来的？第二，它是以什么为标志？

刘苏里：我的估计尽管有这层意思，其实是有条件的。我的意思大致是，传统书店大面积消亡，独立书店将迎来它的黄金期。这里"独立书店"的含义，你也可以理解成一个有自己品位追求、有自己特点的专业书店。这个估计或说判断，主要是基于互联网的发展态势。我 2006 年做出这个判断，一晃 9 年过去了，太可怕了。这个判断还有一个基础，就是人类对纸质图书带有近乎遗传性的偏爱这样一个事实（判断）。

为什么传统书店消亡之时，独立书店将迎来它的黄金期呢？因为即使我概念中的互联网出版已然成势，仍有几类图书无法脱离传统书籍承载的概念。

比如，美术类图书，还是要通过印刷技术来呈现人们对色彩饱和度的审美需要，网络呈现图画至今保真程度还是赶不上印刷，要么太美，要么不够美，总之是失真。还有，大量学术、思想类图书，因为人们阅读时习惯批注和勾勾画画，眼下的阅读终端，远不能满足这种需要。童书是另一种情况。我很难想象一个母亲让自己不到两岁的孩子，整天抱个 iPad 看。此外，终端还需要有电源支持。没电缺电时怎么办？总之，有一些类别的书籍特性使得网络阅读，或电子阅读，不太容易满足读者的需要，——这一切给了独立书店未来发展的空间。

有关传统连锁书店和大型书店将在 2018 年形成倒闭风潮，不止我一个人的说法，包括《书籍的未来》的作者，至少发现我之外还有两个人，跟我的判断几乎完全一样，时间点也极其吻合，一位预计是 2017 年，一位预计是 2018 年。他们也谈到了各自的理由。我的理由是，软件技术的发展将支撑传统出版大规模垮掉之后人们对于内容的需求。可是很遗憾，到今天为止，我还没有发现那种软件的雏形，进步之慢，远远超出了我的预计，但还是有若干产品指向那个方向，尽管迹象极其微弱。

换句话讲，如果内容呈现方式没有出现革命性变化，我的这个预测将失败。今年已是 2015 年了，离我那个预测还有三年时间。谁知道未来三年会发生什么变化呢？总之，这个软件还没有被设计出来。有一点苗头。比如微博就有一点点苗头，但非常有限，再比如维基百科……

严彬：我也正想说维基百科，一旦它的内容结构更为丰富而准确，传播更为广泛，或许对阅读的影响是革命性的。它可以将一个人的阅读面不断扩展和发散，并且，如果内容可靠，也将是精准的。

刘苏里：包括维基百科在内的产品，有一点点苗头，但都太粗陋了，离我想象的那个成形产品十万八千里。对了，微信也有一点点苗头。但它们越来越走向不可克服的、没办法避免的陷阱，我把它称为"谷歌陷阱"，或叫"百度陷阱"。比如说我要去承德，想搜索一下观览信息，结果显示 5 万条，我听信谁的？要是全部点开甄别的话，别说专业程度了——你本来就是来求助的，我就不要去承德了。说到底，搜索结果涉及信息的精确度和权威性问题。未来的知识或者内容的呈现，一定是通过互联网技术，同时结合人工，比如说编辑的功能进去，才会解决精准和权威性问题，而不是现在呈现的垃圾场状况。但另一个问题又来了：云一样多的内容，怎么可能靠有限的人力提供，既要求足够多，又要求足够准确和权威？今天把话只说到这儿。我相信后面还有更大的谜底需要揭穿。

严彬：信息太多就需要权威的、可靠的甄别。

刘苏里：我相信谷歌、百度里头也有大量精确、权威的信息，但你根本不知道哪个是精确、权威的。你难以做出选择。

严彬：这个问题未来是可以解决的，比如说数据的收集和利用，算法更为精确，分析人的行为更为精准，推送到你面前的内容将是珍珠而非垃圾。

刘苏里：可惜那样的软件还没设计出来，这是个非常遗憾的事情。

严彬：有很多人将逛书店作为一种生活的方式，休闲的方式，对这种行为您有没有过一种方法性的东西：书店应该怎么逛？

刘苏里：未来会有这个问题，但至少现在这个问题离我们还稍微远了一点。很多年前我们就开始考虑这件事。未来独立书店形态之一，一定是体验式的。现在已经有人试图做体验式书店，但还没到读者有强烈需求的时候。你知道，一种需求还没有达到那个水平，早迈一步，可能面临着失败。我们讲一个产品的商业化过程，需要经过研制、开发，然后初试、中试，最后投放市场测试，再经过多轮调整，才可能成形。体验式书店，还没到火候。

严彬：像先前海淀的第三极书店是不是就是这种？

刘苏里：第三极不是。"言又几"在做尝试，至少打的是这个旗号。

严彬：但是它规模比较小。

刘苏里：今后的体验店不一定非要多大规模，关键是它的物理形态，以及物理形态与网络之间的关系。这个我有一整套不成熟的想法。这么讲吧，什么时候我说的软件被设计出来，再琢磨这件事还来得及。我原来判断是2016、2017年，我们要开始转变书店经营的物理格局，现在不用操这个心了，我们还可以再偷个几年懒。

严彬：现在很多读者说他不知道读什么书。从您个人来看，您怎么来评价一本书？什么样的书算是一本好书？它困扰了很多人。

刘苏里：我不觉得这是个真问题。如果你是个阅读者，你不应该提这个问题，不会有这个问题。我强调的是问题导向式阅读。比如说，有人计划下个月去日本，想去京都看一看，去长崎去走一走，或许还要顺便游览福冈，是不是要备点功课？这个功课与你旅行的效率有直接的关系。再比如，乌克兰一直处于危机中，政局动荡，似乎与你有某种关系，你如何进入乌克兰问题？如果你是个阅读者，恐怕不需要别人特别教你怎样做。先找一本乌克兰历史书读读吧。再比如，不知哪一天你突然对气候影响人类生活问题发生兴趣，它困扰着你。对一个阅读者而言，这根本不构成问题。

当然，你提的问题，并不完全是假问题。书海茫茫，给多少阅读者带来困惑——不知如何下嘴。这里既有专业知识限制，也有时间上的硬约束。怎么办？我没有更好的办法。还是先理清你头脑中的问题。大不了请教有关专家，让他们给你推荐入门书籍。一旦入门，你便会独自发现天地。

所以，一本所谓好书的标准出来了。它在多大程度上回答了你的问题？它又在你问题的延长线上，给出多少你想要的坐标？脚注和参考书目录，是最好的地图，也是检验一部作品成色的测量仪。一句话，只有针对具体问题，才能谈何谓好书，而每个人的问题和困惑天差地别。

严彬：现在很多人的问题可能是，比如他不知道要去哪里，他想读什么书他不知道，他就让你推荐一本书。

刘苏里：那就是懒惰。你想想，我们活在这个世界上，如果不想成为行尸走肉的话，能没有问题嘛。每一天面临的，不论是物理意义上的，还是精神层面的，包括心理，肯定总是问题，哪怕是游戏意义上的，智力游戏意义上的问题。

对一个普通人，关心乌克兰这件事，叫我看基本就是一个智力游戏意义上的问题。因为他既不是这个专业的，也没有必然关心乌克兰问题的冲动，那他关心起乌克兰问题的时候，很可能对他就是智力上的考验。首先你得了解乌克兰是怎么回事。网上还是能够查到一些相关文章，文章当中一定会有——我们必须假定多数文章是由相对专业的作者写出来的，你就顺着它去读好了。这里头确实有一个抄近道的问题，节省时间，节省脑力，因此别人的推荐、相互之间的沟通还是挺重要。最近两年我观察，微信的存在，对扩展人们阅读兴趣和寻路门径，提供了巨大空间和机会。这是个了不起的工具。

严彬：我们经常看到有理想书店、理想藏书这种提法，您看到有没有一个理想读者、理想的书店顾客这样一个人群？他们是一个什么样子的？

刘苏里：我还真是从来没想过这个问题。

严彬：比如说我开了一家店，可能有的人我会特别讨厌，有的人我特别欢喜他来。

刘苏里：万圣本身是有一套规矩，这一套规矩并不是为了删除非理想读者名单，而是为了保证售卖空间所有读者的利益，是从这个角度考虑制订的。比如说夏天我们禁止男士穿着非西装短裤和拖鞋进来，但女士可以穿吊带裙、趿拉板儿；在店面不能打电话，带水进去喝也不行。总之我们有很多"不行"，但这些规矩不是为了筛选读者，——你打电话会影响别人。

严彬：维持一个比较好的环境。

刘苏里：对，所以说我们脑子里没有你说的这个问题。

严彬：最后一个问题。目前为止，万圣它有没有遇到难题，或者是您所意识到的瓶颈？

刘苏里：遇到过，但都克服了。对我们来说真正的瓶颈实际上来自外部，但是我们都化解掉了。经营上的瓶颈，说实话也遇到过，但它没有构成真正的困难。比如说从小到大，我们店面从 49 加 36，80 多平米，到 800 平米，长十倍，这可不是一个简单算术的十倍，它是一个本质性的跃升，这个过程当然遇到许多困难，但它最后没有构成真正的挑战，让你有生不如死，或者是摇摇欲坠的感觉。比如"非典"对我们来说是一个挑战。因为"非典"从 3 月份直到次年 1 月，我们大半年的时间经营出了问题，两大批读者不来了，或陆陆续续才来，你得扛到他们都来的时候。又比如说地面书店和网上书店集中性的恶性价格战对我们也产生过很大的冲击，但无法动摇我们的基础。最后一次搬迁，也遇到前所未遇的困难，很多朋友伸出援手，卢跃刚、王强、于奇、俞敏洪、聂晓华、李国庆，我们另外两位设计师李小山和沈思……北京大学出版社、中华书局、社科文献出版社……还有我们现在的房东，太多朋友，这里不一一点名了。我经常说：天灾人祸击垮一家书店很容易，但击垮一个体系非常难。这个说法其实也适用于几乎所有我们能够感知到的物理意义上的事务。也就是说，你是不是一个体系非常重要，而这个体系是由诸多要素组成的。

万圣一直在为实现这样一个体系的系统化做出努力。也许因为我们的体系建设走得早一些，今天它还能够活得这么健康。顺道说句题外话，我经常讲，为什么美国不容易被击垮，因为它是一个体系，不要以为它经济上出了点问题，就预测它日落西山，江河日下了。（全世界赴美留学的学子减少了么？美国关闭了几所大学？这是个小学算数问题。）等到它经济好转的时候，季度增长达到 3% 的时候，你看当初说大话，看笑话的人都去哪儿了？

严彬：好，今天就到这，谢谢您。

想在天上扒开一个口，看看这人间事

——涵芬楼书店赵万波访谈录

时间：2015 年 2 月 6 日

地点：涵芬楼书店

严彬：我算是涵芬楼的老顾客了，隔段时间便会来店里逛逛，经常见到您。像您这样的年纪依然长年在书店工作，对书如此热爱，真让人感佩。不知您是何时、因为什么样的机缘来到涵芬楼书店？

赵万波：我是 2005 年 6 月到书店，由买书到卖书。

严彬：从读者开始？

赵万波：对，有一个机缘，正好我来买书就碰到熟人。我从七几年开始就自己阅读，一直没闲下来。2005 年 6 月 1 号进店，到现在 10 年了。最开始在物流做，2008 年就到门市了，因为我愿意跟读者沟通，看见好书会情不自禁，所以就到了（书店）前面。2010 年年底，也就做到了门市部的经理。

严彬：您是退休以后进的书店？

赵万波：对，退休以后才来。

严彬：北京人？

赵万波：我是天津人。

严彬：什么时候来的北京？

赵万波：我是 2000 年。

严彬：今年高寿？

赵万波：我是 1950 年生人，1968 年下乡。

严彬：先前做什么工作？

赵万波：先前在工厂。

严彬：为何退休以后才到书店做这样的一份工作？

赵万波：说句实在话，我以前那些工作都是赶鸭子上架，并不喜欢，到了书店，才找到这辈子最可心的活。如果年轻时有机会选择，肯定要选择书店，那时候都是社会选择你，你没有选择权。

严彬：您以前比较喜欢读哪些方面的书？

赵万波：年轻的时候喜欢写写画画，到了1970年代末，根据当时的条件，感觉应该定一下以后的方向，就把那些都放下来。我在理论方面还有些爱好，读到一些艺术、哲学、美学方面的书籍，慢慢到西方哲学，李泽厚、蔡仪、朱光潜老一辈的书也都看。到后来，就读了些所谓"国学"。

那时有一个追问，"人是什么"。因为你不知道人是什么，就无从谈艺术是什么。

严彬：1980年有"潘晓来信"，引起过关于人生与道路的大讨论。

赵万波：对，那个时候是热闹了一阵子。我发觉学术的分科跟所谓社会分工致使人类社会走到了现在这种碎片化的阶段，也就是在我所读的这些书里边，我会以"人的问题"打破这些学科的疆界，无论是政治、文化，还是经济的，带着问题来读这些东西。

到后来，就涉猎到佛学。你读再多的书，不懂宗教，你对人间事，特别是对中国文化，根本不可能入门。因为在佛教进入中国以后，有很多东西被汉化了，佛教文化跟中国文化融为一体。你不理解佛教的东西，对国学、儒家的东西就没法得其门，也进不去。

到现在我仍然有一个想法，还是侧重在儒学这一块。我有这种追求，想要找到佛家的真法脉，还有儒家的真学脉，这是我的追求。佛教的真法脉自以为是（已经）找到，儒学的真学脉摸索之中仿佛依稀可见。

严彬：是否有计划整理研究成果出版成书？

赵万波：我的想法是自己先活明白、弄明白。有的人说你看这么多，赶紧整理出来。我说还没到那个时候，必须千锤百炼，才能认识清楚。我在打腹稿，这个过程有几十年。

严彬：现在每年中国出版三十几万种书，这些书像商品一样的不断被写出来，能消化多少，有多少书是发自作者内心、被读者所接受的，我觉得很成问题，跟您这种严谨的治学态度可能相差更远了。

赵万波：这个先不说太远，单以涵芬楼看，书店上下两层，可能找出一百本值得一读的书都不容易。现在咱们出版业有点畸形。

严彬：出书门槛越来越低。

赵万波：对。中国学问跟西方学问不一样，它不是概念到概念、概念到范畴这样的学问。中国的学问是让你用生命来体验，把老人、前人们留下来的这些东西，去作一番消化过程，你才能够说怎么样。这是我接触到国学以后的一些想法。

严彬：谈谈您的书店生活。在书店的一天大概是怎样度过的？

赵万波：我们上一天歇一天，工作 12 个小时，第二天休息。早晨 9 点营业到晚上 9 点下班。

严彬：这么多年下来，您肯定也形成了自己的工作习惯，包括工作上的规范。

赵万波：我每天到店，除了书店日常事务，主要有自己给自己加的活，对每天的新书作一个推荐、陈列。不同学科的新书集中陈列，读者每每进来，尤其一些老读者来了，就在这几个书架转转，下边也就不用去了。

我个人最大的兴趣是跟各方读者交流、沟通。这里面就有李泽厚。2009年前后，他每年回来都要来书店两次，夏天一次，冬天一次。八几年，读他的《美的历程》，书中有他的照片。那时我还不在北京，就想认识他，苦于没有路子。说来也巧，到2008年的时候……

严彬：在书店被您认出来了。

赵万波：对。当时我在书店地下一层，他从楼梯上下来，我第一眼见他，脑子里就反应：这是李泽厚。那时他也上了年纪，跟相片也不一样。怎么跟人搭上话呢？你得有理由。我马上跑到书架，找到《美的历程》，拿过来，然后一翻，相片核实一下以后，就以粉丝的心态拿过去了。我说李先生，您认识这个人吗？然后他看了相片，看看那书，又看看我，不知什么意思。我说我是您的读者，还在山沟里时就读过您的书。就这么一个缘由，我们这样认识的。打那以后，每年他来涵芬楼，我们就会聊聊。

严彬：李泽厚先生是几代人的偶像了。

赵万波：其实李泽厚这个人，再多的东西不要谈，就说他这一个"告别革命"。有人讲宪政，讲这个讲那个，李泽厚说不需要那些东西。需要什么？开明的专制。这个很实在，你开明的专制就行了，这个民主自由也不是好东西，都是想造反人的旗号。

严彬：我们来聊聊书店。您怎么看这些年北京的书店生存环境？

赵万波：先不说太大。如今的网络，真读者也少，不像我们年轻的时候，得到一本书很不容易。现在书放在那，我们去书市，从前的大学生在书市上还都拉

书店篇

181

着箱子，到那很专业地去扫，买书。等到后来，学生们问的却是"有《国学概论》吗？""有《国史大纲》吗？"对于版本他们大多不在乎，只要有就行了，品相等等都不在乎。都给老师买的，只要这书放在那，有就行了，他是不读的。

现在出版业很发达，真正的读者群却越来越少，网络再那么一冲击，实体书店怎么办？这是个很麻烦的事。像万圣书园，那是一个特例，它那里的读者去买书都推着车，那是学院区。

严彬：它的读者群跟其他书店有很大的不同。

赵万波：对，那是一个真读书的地方。像我们在王府井，有很多都是游客，再有外地来的有一些是慕名而至的。甚至还有读者来了说要借书，他以为商务印书馆是个图书馆。

严彬：他来借书？

赵万波：其实商务印书馆最初也是做书刊印刷的，张元济先生来了之后，才成为一个出版机构。现在书店怎么做？现在有个"空间"的提法。这个概念就很好。你把它设想成是一个空间，城市空间，这样去做，不仅仅是卖书，它更是一个读书、交流的场所。像我们商务在做"体验阅读店"，山西有一个，南宁有一个，体验阅读。你的书出了以后，是不是就像助产士，生了以后就不管了？不是。比如我们去年的"自然文库"就做得不错，上一次做体验阅读，来了一百多个读者，每个读者都有编号。这样的一个方式，它是网络做不到的。书出版后，作者到店里来做图书讲座，相关知识的讲座，我们用这种方式吸引带动读者。书店要做的是这些。还有的读者来了，说你能不能不买书，可以有会员制，可以借。我想这个也不妨尝试，看看是不是可行。

严彬：对的，首先要让读者愿意进来，不管他是来买书，或者看看书，听听讲座，甚至会会朋友。据说2014年的24小时书店出现，书店也成为约会的一个去处。书店有人进门，并且是一个相对安静文雅的一个环境，这个很重要。

赵万波：对，成为一个读书的地方，会友雅集的空间，这是一个让网络干着急的地方，是地面书店的一个优势。另外，每一个书店店员本身就是一个长年读书的人，你可以有自己的偏好，有自己的专业，可以有自己的兴趣取向，你在你的兴趣范围内是一个高手，哪怕是梳妆打扮、食疗养生，你能判断这些书哪些值得一读，哪些同类的书不必选。像现在国学这么热，谁能把国学说清楚？前沿的国学问题是什么？你能掌握，实打实落脚处的地方，就是你现在教孩子们学，它要有教法，也要有教师。我参加过很多，三五个一些这样的师资培训，书院的，私立学校的。我走了一遍之后，觉得他们最缺的就是教材、教法、教师。你怎么从这么多的书里选拔出来适合孩子读的，或者是适合老师读的。曾有一位东城区教委的杨姓老师到这来选书，我跟他说起国学热，就提到这三点——教师，教法，教材。基于三个教学理念，然后我又给他推荐商务出的价值人生、价值阅读的世界名著。他觉得很好，他说我们现在最缺的就是这些。

假如我们的店员在每一个文史哲、生活、旅游等门类各有各的专长，读者过来了，你能为读者作专业的推荐，读者会愿意和你交流，信任你的推荐和专业性。如果你的书店能办到这种程度，读者来了不仅仅是要买书，甚至有时是专程来与书店的某个店员聊聊天，谈谈书。

严彬：你们逐渐形成了一种似师似友的关系。

赵万波：对的。比如有这样一个读者，他是马来西亚人，叫谢家梦（音），他来中国，到了北京，来了涵芬楼，就到店里来看看你。你书店能做成这个样子，网店怎么跟你比?

严彬：人很重要，书店的工作人员很重要。像您提到的，我们希望书店店员有这样的一个专业能力，成为各领域内读书的高手，我们如何选择店员？是否有一些严格的培训培养制度？

赵万波：这个很难。第一，书店工资不高，你能留住人就很难，能两方面契合的，也就是我不在乎挣多少，只图这个行业我喜欢，这个环境也好，就更难。这个人又本身是比较——姑且叫做比较"健全"的，心智各方面，接人待物、人格各方面都比较健全的，也是很难求。我们现在有两个男生，进店以后慢慢的就往这上面走，自己在读，然后跟读者在沟通，每个人都有自己的一个小读者群，就奔着这上面走。这个就需要书店——就像我们这一层直接的，也不叫领导——有一个人，也就是每天参与销售工作当中的这个人，去带一带年轻的店员。

严彬：类似师徒关系。

赵万波：是要有这样的一个人，又能找到这样的年轻人，这个地方能长期让他待下去，工资要逐步提高，给他一个发展空间，赋予他价值：一个是工资待遇，一个是公司对他的注重程度。这种也是不容易的。我就听说万圣的刘苏里也喜欢书店能有一个比较岁数年长的人在那，能够给他盯着。这也的确，说句实在的，书店开了，还有一个要做的过程。

严彬：对。

赵万波：回到我们刚刚说的。书店"空间"的提法确实很好。而还有一个形式，就是雅集。雅集是过去文人、文化圈这种聚会。其实书店也要有这种功能。电影院已经不像过去那样老少皆宜，什么人都去，现在的商店慢慢去的人都少了，这个冲击的确大。书店怎么活络起来，让它成为空间，这是最主要的。

严彬：空间跟雅集两者结合起来，这个看法很独特。我们常常说到的空间，其实一些独立一点的书店已经做到了，就是它不仅卖书，还可能会卖文化创意产品，会有一个小咖啡馆，普通读者可以在这里停留。让书店成为真正有文化、文雅的读书人、学者聚集的地方，读者能在书店与一些作家、专家相遇，这更是网络难以达到的。

赵万波：对，我们现在就想让涵芬楼成为这样一个地方。这里聚集各学科、全国各地学者。他到这来，有这么一个地方，时间可以长、可以短，随机灵活，到这来一聚、一坐，我们逐渐形成这样一种氛围。

严彬：商务印书馆一百多年以来形成了极好的口碑，学者和读者都是很认可的。

赵万波：这个品牌，这么大的效应，这就是你涵芬楼可以做的。你也没有必要去跟风做 24 小时书店。

严彬：有深夜逛书店需求的读者毕竟是少数。

赵万波：但人家毕竟是在做，是给体制内争了这么一口气——我有一家 24 小时的书店在中国，这是很不容易的。

严彬：还是要根据各家自己的特征，包括你周围人群的一个特征来做。

赵万波：从卖书到读书，延展到很多，作为文化一个据点，可以是一个集散，你做得好还可以是正能量的一个场域，既有书的共性，又各有各的特点。像涵芬楼，它要成为一个文人学者雅集之地，这个文化层次的人是永续不断的。别看现在读书人少，像我们不久前，毕飞宇在这做活动签售，恐怕那是创纪录的，一场活动下来，光他签售的书就达五百多本。

严彬：那次我恰好也在，看到有一些读者是外地来的，慕名而至。

赵万波：这就是书店的魅力，其他形式取代不了你这个人情人味。总之书店是这样一个活络的地方，除了卖书、读书，往四下去延展，是文化的一个据点，一个发散的地方。这种场域，社会还是需要的。

严彬：从前有小众的"太太的茶楼"，如今有涵芬楼这般雅集之地，这都是文脉的涵养和发散之地。要形成这样一个特点、一种氛围，涵芬楼有比较具体的一些做法吗？

赵万波：有的。你像书店二层，原来陈列书，卖书，后来经过改装，成为一个空间。改了以后，讲座活动就增加很多。我们涵芬楼提供这么一个场地，作者到这来做讲座也好，做沙龙也好，那么喜欢国学、儒学的这些人势必会聚拢到这。你像光卖书，那是死气的，你这个是有人气的。

严彬：提供一个比较好的空间，然后主办和吸引读书活动、讲座。

赵万波：对，你就是空间、桥梁。特别是现在，读书会多得很，可以说星罗棋布，各种各样的都有。我现在有一个愿望，将所有类型的读书会都参加一下才好，去了解读书的层次，读书会各有什么样的特色。

严彬：北京有这样的优势，各种读书会很多，类型不一样，品质也是参差不齐的。

赵万波：水平是不一样的，注意力也不一样。涵芬楼有个幸福读书汇，成员在两百左右，是以北大历届毕业的校友为基础。

严彬：幸福读书会？这个名字很独特，尤其针对北大毕业生而言。

赵万波：幸福读书汇，汇集的"汇"。

严彬：这些书友大概多大年纪？

赵万波：40岁左右的中年人为主，都是历届的毕业生。

严彬：像他们这样一个高智、高能的群体，为什么特别关注幸福，甚至将它作为读书会的一个命名词？

赵万波：没跟他们沟通过，但是我觉得这是一个最原本的问题，既大众又有高度。人活着无非为了幸福，全人类无非也是为了幸福。但是你怎么解释幸福？你能够做到合乎人本性的存在，那就是幸福，你做不到合乎人本身的生存，那你就不可能幸福。说起来挺俗，你一往高度，你往上看，那就是太准确了。

严彬：据说哈佛有一堂幸福公开课，同样是很火的，授课内容整理出来，在中国还有书出版，也很畅销。幸福是一种终极的人生追求。

赵万波：这才是智商所在，我觉得。

严彬：它可能就是比较本原的问题。我们继续谈谈涵芬楼。我看了涵芬楼历史，它是在 2003 年才重新开张的。

赵万波：不是重新开张，它作为书店是才成立。

严彬：原本不是一家书店？

赵万波：它是在读书服务部基础上成立的一家书店。

严彬：有点像灿然书屋，中华书局的读者服务部那种状态？

赵万波：差不多，读者服务部。就是为了商务印书馆开一个窗口，服务社会、服务学界、服务社区，这是最初的宗旨。

严彬：书店刚开始就是这个规模？

赵万波：当时就这么大，涵芬楼在以前的时候就这三层，那时候应该是一个中型综合书店，不仅仅是本馆的书。到目前为止，涵芬楼办了十多年，有了很好的社会口碑，但就我个人来讲，它还远远没有发挥它的品牌效力。

严彬：它的底子是特别深厚的。而相对于它的母体商务印书馆而言，涵芬楼又是一个"年轻的孩子"。

赵万波：对。姑且不谈那些。涵芬楼不能只是一个知识，给商务做的一个知识库，有个窗口。从"昌明教育，开启民智"这个商务印书馆的宗旨来说，以前你是出书，第一家，现在在全民阅读这样一个时代需求情形下，你还会做什么？你出书俨然是第一了，现代出版业都从这开始的，但到了现在，商务印书馆充其量也只是行业老大，不再是独一份了。怎么样发挥品牌效应？也就是说与时俱进。因为你现在推广阅读、全民阅读，这也是一件大事，你在这上面怎么样再作新的贡献。我其实是一个局外人，好像在无端的批评、议论着什么。我认为是这样，因为商务印书馆不是商务你自己的，商务印书馆是民族的、是国人的。所以从这个角度来讲，我们都有权利向它提意见和建议。

严彬：目前来看，就是咱们涵芬楼十几年来，它的这种书店办店的特点和经营的思路是什么，您可以谈一下吗？

赵万波：这个太大了，作为我具体也就管日常，每天就门市部的一些。

严彬：那您就谈谈特点和您所接触的。

赵万波：走进涵芬楼，跟走进西单图书大厦，它是两回事。西单图书大厦，包括王府井新华书店，都像大早市，书店早市，卖书而已。跟三联相比，它也不一样，三联也是受众圈比较宽泛。

严彬：感觉三联更时尚一点。

赵万波：它是人间气更浓一些。到了涵芬楼，你感觉它就比较舒朗、宁静，更是适合读书的一个地方。我想以后做也要围绕着这个特点去做。再有就是能够提供给读者阅读的地方，舒朗一点，清静一点。来的读者也不一定是很综合的，不妨可以侧重在学术、艺术，你出售的书的结构可以偏重于这些。

严彬：书店图书的品种跟所面对的读者之间互相构成产生了一种氛围，你提供一个什么样的环境，拥有什么样的书籍，自然会聚集什么样的读者。

赵万波：对。

严彬：现在书店有多少个品种，多少种书？

赵万波：以前有五万多种，现在到不了。

严彬：开店的时候好像是说五六万种的样子。

赵万波：对，现在到不了了。我们也不能跟万圣比，没有必要做到万圣那么品种俱全，人家读者群在学院区。

严彬：涵芬楼前有王府井，后有三联，它确实需要有自己鲜明的特点，才能吸引到自己的读者。

赵万波：对，你必须要作出你的特点。

严彬：刚刚谈到您一天的工作，我有朋友曾在风入松做了两年店员，他也提到一个店员本身的趣味和专业性与自身工作的关系。我想这一点确实很重要，有的书店店员能成为书店的招牌，成为活电脑，他热爱并享受书店的工作。

赵万波：对。

严彬：涵芬楼的店员是一个什么样的状态呢？包括他们的人员组成，您能给我大体地描述一下吗？咱们店员是一个什么样的结构？

赵万波：您是说店员对书的了解？

严彬：对，包括他自己的趣味，他平时都会做一些什么。我觉得读者可能也会对每天在书店忙碌的这群人感兴趣。

赵万波：这个从管理上，我们分厅，像地下有三联、中华、商务三大社的书，北半厅是三百多家出版社、文史哲，这样分，力求做到分人、分厅、专管，书在哪、怎么放，分管的店员都知道。

从个人兴趣上讲，每个人不一样。像管商务、中华这个人，他本人也爱看书，学术性的东西比较多。其实书店做起来的时候，最难的地方就是店员能够有自己的兴奋点、注意力、爱好，而且能够慢慢日积月累地成长。是这种状况，这样的店员是要有意识地去挖掘、培养的。但工资收入这又是一个很大的局限，他养不了家的。像我们，基本工资是两千，加点提成是两千三，再扣了各种保险、基金，到时候也就一千八九。

严彬：很难想象，这是在北京书店从业者的收入水平！精神世界丰富，物质上获得却如此之少！他们如何维持自己的基本生活？

赵万波：外来的员工恐怕就待不住了。你还得娶妻生子，要是心智又健全、脑力又没有毛病的话，你说他如何在一个很难养家糊口的岗位上待下去？

严彬：所以我觉得这是社会跟书店之间产生的巨大鸿沟，作为百行之一，它应该得到合理的对待，即便是布衣，也要生活啊！

赵万波：你在商言商，不盈利也不行。

严彬：对。我的想法可能比较理想化。书店尽管有商业的一方面，还兼具公共服务的功能，加之投入产出比较低，政府或者某些机构、基金，是否应该去承担一部分。这就好比作家这个职业，在某些国家、某些时期，是有供养制度来维系这一个职业群体从业者——也就是作家——的良性存在的，如果你让作家写作的同时兼顾挣钱的因素——当然，作家也需要糊口，甚至要养家——他的创作可能受到限制，他的动机可能更为复杂，这些有可能导致创作作品的变质。书店行业，是否也有可能获得这样的机会，您怎么看？

赵万波：这个涉及的事就太多了。咱们现在就是怎么能够找到死心塌地在这儿干、愿意在这儿干、干得下去的这样一些人，只能从气质禀赋上去发现这样的人来做这个店。

严彬：很多年轻人对成为书店店员是很向往的，他很想成为一个店员，认为这是一种比较理想的职业状况。

赵万波：没办法，书店确实要考虑如何留人的问题。

严彬：那像咱们这边的员工流动性大吗？

赵万波：挺大的。

严彬：也挺大的？

赵万波：对，看到其他好的机会，人家就走了。

严彬：一般走掉的人，他们现在还继续做书店行业，还是说做了别的？

赵万波：改行了。这还不像新华系统，新华系统要比这更有上升空间。人家做得时间长了，能到经理级，工资就到四千多、五千的样子。这个地方，像我们做到经理，也就这最近一二年，才能拿到四千块钱。这是个麻烦事。

严彬：如今逐渐提倡全民阅读，对书店的关注也加强了，去年还有相关免税政策的出台。据有关统计，2014 年，实体书店还有一点回暖的迹象。您有这种感觉吗？

赵万波：好就好在不纳税了（指 2013 年底发布的《关于延续宣传文化增值税和营业税优惠政策的通知》，自 2013 年 1 月 1 日起至 2017 年 12 月 31 日，对书店免征图书批发、零售环节增值税。——编者注）。

严彬：就您个人而言，作为一名书店从业者，有什么期待？

赵万波：就我个人，我也想弄一家自己的书店。理想状态下，我的这家书店要以学术有专长为立足点。你弄书店，好比说对于佛教，对于儒学这些学问，你像我们商务出的《朱子学年鉴》，包括陈明的《原道》，这都是学术分量很够的。我希望我能开一家书店，能将这类书籍收集起来，来出售，结识一些相同趣味的人，就很好了。

严彬：大概不少读书人，包括从事新闻媒体的，都有这样一个愿望，有一家属于自己的书店。

赵万波：对，我要做一家这样的店，这是最上边，最下边是怎么样解决小孩能够从三五岁接触到国学开始，传统的毛笔字、毛笔画、武术这些，也就是怎么样培育出"中国人"来。现在满大街都是人，都是中国人，但从里到外的"中国人"，包括他的思维方式、生活方式、各种理念，这样的"中国人"不多了。怎么样既从有现实可操、落地之处抓孩子，又抓学术的最前端，还有怎么样做女德教育。据说有人现在在做一个从孩童女性着手、培养母亲的工作。这是一个太伟大的工程。少年强，则中国强，你母亲不强，哪有少年？我们现在不仅仅是自然资源被弄得快没了，咱们现在那些文化资源、好的东西也弄没了。

这些传统文化积蓄了多少年，这种积蓄是什么？是要复兴中华，要有这些志向的人。再往后想想，还有多少人愿意为你民族做事情？缺乏这样情怀的人，是最大的贫瘠。现在的母亲都是大孩子带着小孩子，跟老一代的母亲来比，现在的孩子都是有文凭没文化，有知识没文化。

严彬：对，现在的人生理上的发育提早了，但心性上与从前相比却没有跟上来。

赵万波：远远没法比，都是大孩子带小孩子。你想这样的孩子起来以后会是什么样子？所以我就说一个要抓小孩子，一个要抓中间，就是抓母亲，还有一个是抓学术。一国亡国是学术先亡。宋为什么亡？宋学术亡。

严彬：这个不是一日之功。

赵万波：对，所以我们现在有人说中华文明沦落到这个地步，这是消极地看。积极地看，它也是一个大死大活的过程。必须要有大死，才有大活，因为你自负了这么多年，所以你要自卑这么多年。天将降大任于斯，这是一个过程，首先要保的就是读书的准则。

严彬：这个很不容易，像现在中国人的阅读状况，人均一年读到的书不足五本，多年未见变化，而且这其中还有大量工具书、教材教辅。

赵万波：这个是个体的事，还有一个是社会的事。怎么样唤起大家的意识，这是一个复杂的工程。你说一个政党腐败了，就够麻烦了，母亲们都丧失了，那就更麻烦——女子都不德了。娶一个好媳妇，幸福三代人：第一是老年人，第二是夫君本人，第三是孩子。

严彬：像您提的这一段，女德教育，它是不是可能引起女权主义者的不满？

赵万波：女德跟女权是两码事，恰恰是女权从根本上危害了中国文化，我是这么认为的。男女是有别的，你现在都已经打乱了，动物母的就是母的，公的就是公的，你公母能一样吗？

严彬：其实都是有差异性的，西方提到"人生而平等"，更多的是从生存和权利的角度，实际上每个人生下来都不同。

赵万波：这个真不好说，生而平等，是人格上的平等。但人家生来就都一样吗？你为什么不是国家主席？抛去了前因后果，这个平等是人格上的平等。在分工上，性别带来的那些差异上，中国人传统的女性就是相夫教子。甚至于说得再多一点，一夫一妻，还有以往的纳妾传统，这些东西不一定都是负面的、消极的。你还是要恢复到自然状态。

比如一个家庭，妻子在外整天忙碌，是不少挣，早晨出去了，晚上九十点才回来，孩子也顾不上，家里这一块你怎么建设？

严彬：毕竟女性是有母性的一面，你让男性去承担那个也不太妥当。不过您这个观念，可能会有很多人不赞成，尤其那些深受西方现代意识影响的人。

赵万波：女权是一种变形、变态，没找到真正的出路。

严彬：这是一种现代性的表征。说回书店，现在很多人都在网上买书，您的感觉这些年，网上书店对地面书店的冲击大吗？

赵万波：很大。好多人到这来看书，然后拍照片、记书号，网上买。

像我们的书在网上也打七八折、七九折的，比如"汉译名著"，但和网店相比仍然没有优势。我说这话又要招人恨了——这是出版社没有气节、没有骨头，实际上是被网店绑架了。

严彬：七八折，相对来说在网上很多促销折扣还是比较高的。如果很多出版商、出版社能够团结一点，不要把折扣降得那么低，是不是会好一点？

赵万波：这是一个。再一个咱们就拿个例来说，商务能够把你的书店做得活络起来，卖你的书，那么热热乎乎的书店比网上会更有吸引力。

严彬：对的，像我自己，同样的八折买一本，我其实会在书店买，甚至书店略微贵一点，也还会选择书店。书店还有一个阅读的氛围。但另一问题是，网络的购书更为方便。

赵万波：对，你可以有那么一个体验：买书是一个休闲的过程，我是这么认为的。

严彬：书店有一场现场的体验感。说到现场，先前您也提到，日常有很多时间是在和书打交道，如何陈列这些书籍。涵芬楼所售书籍的上架，以及它慢慢地退出陈列，有没有一套规范？

赵万波：有这么一个过程。新书不断进来，一个批次一个批次地渐渐往下走。但是原则会不一样，有的会依时间，有的书则不会。比如学术方面的书，就依书的学术分量来摆，一段时期内，任何时候都摆放在架上，没有人要也摆着。

严彬：没有销量也摆着？

赵万波：对，有些特别重要的书，卖不了要在这摆，卖得好我也要摆。商务的文化系列出了十二种，像这类书，是经常性地陈列出来的。

严彬：这样一来，尤其时间长了，这就是一种引导，读者也会受这种感染，有可能会选择这些书。另外，这也形成了涵芬楼特定的一种书的氛围，它是严肃的，有自己追求的。

赵万波：对，这是一种导向性的东西，有的图书在涵芬楼找不到，你可以去图书早市。

严彬：书店也是一个媒介，也有引导教化的作用，一本好书可能包含一种新的知识、可贵的思想，它能影响到 1 万人，和某些畅销书被 50 万人阅读，两者所产生的积极影响是不可同日而语的。

赵万波：这里还是拿我们自家的书为例，以前我们有本《吃货辞典》，卖得挺好，还得过奖，但我们将它摆几天就撤下了，它不是涵芬楼最为推崇的那一类书。

严彬：现在饮食方面的书还是很流行的。

赵万波：你得有一个导向。去年商务出版了"自然文库"，那是一套好书，我们也很推崇。

严彬：它包含了很多现实和思考，人与自然、人与社会的关系，得了好多奖。现在人们也逐渐意识到物质文明下精神和生态的创伤了。

赵万波：生态的、生活的，很自然的一种阅读情趣、兴趣。

严彬：刚刚咱谈了些当下的阅读状况，您怎么看中国人的，包括您身边人的阅读状况？有什么样的提议和建议吗？

赵万波：现在小学抓的阅读不错，这是一个漫长的过程。怎么说呢？你得吃饱饭。俗话说，你得三代以后才知道穿衣戴帽。

严彬：现在是"没吃饱饭"的状态？

赵万波：吃饱的又是土豪。还有一个，我们现在社会结构被打乱了，中间的脊梁骨断了。所谓脊梁骨就是读书人或者是士、君子，文士阶层断了，这是一个很大的麻烦。

严彬：这一群人是真正的读者。他既有需求，又有能力和时间阅读一些比较高质量的东西。

赵万波：对，这个脊梁骨应该接起来。

严彬：不是一日之功。

赵万波：对，已经断了几十年。

严彬：就像西方小说，它最初的读者其实更多的是那些有闲的贵妇，一些有资产有闲心的人，那些人也有很好的家庭教育。

赵万波：那时候是一家人晚上吃完饭，掌灯，阅读。我们现在没有了。

严彬：好，最后一两个问题。从您以及书店来看，您理想中的读者是什么样的？

赵万波：理想的读者？

严彬：对，您希望有什么样的读者？

赵万波：我不希望有那些看闲书的读者。

严彬：其实有的书他必须闲下来才看，但这闲心和闲书是不同的。

赵万波：对，是有闲心的人，也就是能有一个人生大的追问的人，你活到撒手闭眼的时候，你敢说你活过。人世间的事不说通，最起码能够"不以物喜，不以己悲"地给一个解释，这才叫没白活，否则就是白走一遭。我希望的是这样的。当然这里边也有不同层次。读书第一就要读这种书，有对人生追求有追问的，我喜欢这样的读者。

像琴棋书画、诗文歌赋，不是不喜欢，而是没有时间去读。它的美感、好处，咱也能够欣赏，也能够领略，但闲心还没闲到那种程度。就像《红楼梦》那样的，我觉得太无聊了。这是我个人的想法。当然作为读书氛围来说，读也比不读强。

严彬：您个人的趣味影响着您的工作和生活，包括您现在仍然待在书店上班，还想开一家属于自己的书店，我想这些本身都和您的个人修养有关系。您自小受过什么样的教育？

赵万波：没有什么教育，我初中毕业。这种观念和趣味是与生俱来的。因为很小的时候就有一个想法，想弄明白这人世间是怎么回事，那个时候又明白你要陷在里边，你就不可能明白。我就想在天上扒开一个口，看看这个人间到底是怎么回事。从小就有这么一个愿望，所以到现在就越来越清晰。到撒手闭眼的时候，敢说我活过，就是有这么一个追求。

小书店与特价书的出路

——卿松和他的豆瓣书店

访谈时间：2014 年 12 月 10 日

地点：豆瓣书店

严彬：卿松，你好。终于有时间来听你谈谈书店，挺难得的。你是 2006 年前后开始有了自己的书店，那时网络书店远没有现在这样繁盛，书店老板的日子是不是比如今要好一些？你早期开书店的情况是什么样的？

卿松：早期我们就是天天搞书。因为我们是卖特价书嘛，需要经常去各种中盘（即批发商。——编者注）淘书，有点那种淘宝的意思。采购书是一个很核心的东西，你知道，特价书是一个不稳定的市场，不是特别的开放，有些神秘性。很多中盘都是做图书馆的，它可能在库房，但你都不知道。那么我们就可以天天去找书。

2008 年左右，很多读者得知上古（上海古籍出版社。——编者注）、上海译文（上海译文出版社。——编者注）的书一到，就很兴奋，来抢购。所以后来我看到很多读者来书店抢书，就像看到了当年的自己，在各个中盘淘书，也很兴奋。特价书里边好书通常不多，所以我们要盯着许多家。那时淘书就是我们的一个主题。

严彬：淘书以外呢？你的日常生活，经营书店的一天通常是怎么样过的？

卿松：就是打理书店，比较简单。建立一些渠道，这样的话信息比较对称，就不用跑得太多了，可以有时间把书店弄好一点。因为这是一个传统的书店，我们在以书籍为核心，采书之外，会在书籍的摆放、分类上下一些功夫。

严彬：现在的时间精力安排呢？

卿松：现在我百分之六七十的时间都在做一些周边的事，比如做书籍设计。我现在有一个助手，她会帮我采一些书，采完书之后，我作一个判断。

严彬：你现在大半的时间实际上在做副业，而非经营书店？

卿松：做设计方面的东西。所以说现在我跟书店之间的这种亲密程度不是特别强了。

严彬：书店由谁打理？

卿松：书店现在比较成形了，除了采书之外，我夫人会待在书店，我的店员熟悉日常流程，不用我太操心。书店的事情看上去很琐碎，很小，都有人做了，只是在采书的方向上，我会把握一下，比如说哪里来的一大批书，那我会关注。对于一个这样的小书店来说，命脉就是书籍本身，我们要把书本身做好——而且特价书的话，我们的特点就是去发现一些被遗漏的好书。

严彬：你现在特价书的主要货源是从哪里来的？批发商？

卿松：对，有些来自批发商，还有一些来自图书公司。比如我们跟贝贝特（广西师范大学出版社理想国。——编者注）有很好的合作，前年一次性进了20万实洋的书，也算成了他们的小型客户。

严彬：数千本。

卿松：我跟你举一个例子，比如布罗代尔的《文明史纲》、何炳棣《读史阅世六十年》、唐德刚《李宗仁回忆录》，十来种书吧，每种七八百、五六百本的样子，都卖掉了。

严彬：你看中的书会一次性大量进货。

卿松：多啊（开心的笑）！找最早掌得最多的一本是冀朝鼎的《中国历史上的基本经济区与水利事业的发展》。

严彬：这么偏门的书！

卿松：这个书很厉害，被李约瑟称为中国最好的一本关于水利的书。冀朝鼎是打入国民党内部的一个中共经济学家，为中共提供了很多国民党的经济情报。所以说国民党的倒掉，他有一份功劳。这本书我大概进了四五千本吧。

严彬：一次性进这么多，又这样专业的书，不担心卖不掉？

卿松：书很便宜，定价10块钱，旧书，从他们库里辗转搜出来的。

严彬： 放到店里卖，还是有其他销售渠道？

卿松： 主要放在书店卖。做这种书都有点不是那么符合经济学逻辑，快进快出，不是这样的。做书店的人，趣味相当重要。就是个人趣味，有点浪漫主义，他不太计后果的。你看我买这么些本，会压在手里，我放到库里，它的成本早就够再卖再买一次了。

严彬： 对啊。

卿松： 但是我觉得它很重要，早一些的书，你在网上肯定很难买到的。

严彬： 对。

卿松： 在我们这里能买到。还有谢泳的《储安平与〈观察〉》，我也买了不少。

严彬： 这本书我读过电子版。

卿松： 我待会儿送你一本，这些我说到的都可以送你一本。

严彬： 谢谢。

卿松： 《储安平与〈观察〉》我进了1600多本，我记得很清楚，当时书商打电话来，他们自己处理掉。他问我《储安平与〈观察〉》要不要？我说多少本。他说1000多本吧。我说几折。他说1.5折！

严彬： 你将这批书全买下来了，淘到了宝贝。

卿松：对。我觉得豆瓣就是能够多淘一些平常很难见到的书，这是很有意思的事情。

严彬：对的，实际上不少书会越来越体现它的实用和收藏价值。看得出来，你开书店有很多个人情结、很理想化的成分在里面。你是一个什么样的人？很多人会感兴趣，什么样的一个人才能开一家这样的书店？

卿松：我觉得这样说我自己，挺难。我可以谈一类人，从另一个角度去说。

对书店很懂的人，很会做书店的人其实大有人在。为什么只有我现在开了这个书店？可能他们驾驭这样一个书店很轻易了。比如万圣，它培养了不少很懂书店的人，但他们现在又没开书店了，很多都转行了。我是受他们影响的。

他们是什么样的人呢？他们还是有一点点浪漫主义情怀的。这个可能别人觉得有点空洞，很无聊的，但是确实就那么一些人，包括以前在国林风的那些人，很纯粹，很简单，书籍本身对他个人的影响太重了。

严彬：迷恋书。

卿松：对。他们可能更多的还是强调个人世界。我也是那种类型的。迷恋这个东西，而且很单纯，真的很单纯。这种人其实是在商业上是没什么建树的，是做不好的。我也是，也属于这种类型。只是说我比他们稍微圆滑一点，他们更为书生气，不把什么都抛得很高调，不说我为了影响谁谁谁，但是他会去付诸实践。我们都说书店有姿态，你拍电影是表达，你唱歌是表达，你做媒体也是表达，开书店它也是某一种意义上的表达——我想开这种类型的书店，可能是一种类型的反射。为什么我们不卖咖啡的，不做那些会员制？可能从书店这个层面上来说，就能反映这种气质。

严彬：现在流行一个词，叫做"任性"，我觉得你也是一个很典型的"任性"。当然说得古典叫做"执着"。

卿松：我想说得是，其实是有一批人，比如说我，只是要做一间书店。我觉得都不太具有代表性，太厉害的人，特别是在九几年，最鼎盛的时候，书店的黄金年代就是 1998、1999、2000 年左右的时候，包括国林风、万圣、风入松。那些人反映了当时人的心态。为什么去接受那样的一个书店？可能反映一个整体的心态，很简单，很迷恋这个事情，同时他也不高调，他通过这种书店本身去表达，是往内的。

说到我，也不是任性，我可能比他们圆滑一点，那个时代过去了，我还在做书店，他们不做了。最好的时代过去了，他们也就不再做书店，就像诗人，我觉得他们都像诗人，诗人是跟这个社会格格不入的，他们都看不下去了，都纷纷不做了，转行了。痛苦了，他们就宁愿不做了。我则选择妥协。对他们来说，书店是很神圣的，但我觉得凡是能开下去的，也就继续开下去。所以说我没有他们那么纯洁。

严彬：当他发现他做的事情已经不纯洁，他宁可不做？

卿松：不做了。这批人其实暗含的一个性格方面的相似性。我传承到这个——我说这个不是为了给自己脸上贴金——我不在乎这个书店看上去多破，但我比较强调书籍本身的那个趣味。但也有一些很好的书我们拿不到。这是一个技术性问题。我记得有一个朋友说，在日本的旧书店，卖康德的书，一架子都是康德，全世界的版本都有。我说在中国做不了，我说我最大的理想就是把书店旧书和新书的壁垒打破，我做主题，做一个人，我把全世界各种版本都给你搞齐了。能做吗？我觉得中国是做不了。我还为此存了大概几十件这种旧书，放到库里，我曾想做这个事情，弄个二楼书店，上面旧书，下边新书。从 2009 年到现在，老是没钱，没有实现。

严彬：你可以想想别的办法，把钱挣到，花在书店上。

卿松：很难。所以说我在做点设计，但是也不管用，很慢，没钱。

严彬：挣钱的方法很多，只不过你不愿意去做。

卿松：对。我再举个例子。很多年前，有一个书商，他跑过来说要合作，卖那种很烂的书。他说我一年保证你 50 万，你可以挣 50 万。他给我供书。他说你也可以开你的书店，同时用那个养着。我就觉得这是又立牌坊又当婊子的事，要开这种书店，我就过不去自己这道坎。

严彬：哪怕在别的地方，请人去打理，你也不愿意做？

卿松：对。不是作，不是装，是真不愿意。我说我要是做那个，还何必天天为了某一种书没拿到痛苦半天，或者是我要去抢某种书？没有必要。这些例子大概也说明我比较迂腐。

严彬：了解了。

卿松：我们这群人，我算是比较差的，他们更决绝。

严彬：这个不能用好坏来分。

卿松：不是好坏，就是他们可能对这件事情上，立场更为决绝一点。

严彬：待会儿我们要谈到书店的顾客。如果你留心，你会发现有的读者特别依赖你这家书店，可能这样的人不多，他读书的时间也有限，但你对他来说，是一种寄托——如果没有这家书店，那段时间他该去哪里呢？

卿松：对，你说得很对。有这样的人。我举个例子，特别典型。他是画画的，不是画家，也不是画匠，他很爱这个东西，但他就觉得不工作没饭吃。他就去教课，教人家小孩画画，他觉得那个教育方式不是他理想的那样。可如果不去，就会没饭吃，去了之后又很痛苦。他经常是上完课之后，就到这里坐一会儿。

严彬：找个清静的地方。

卿松：他就在这里看会书，有时候买，有时候不买，就在这里坐一会儿。他说我坐这里平静一会儿，就回去了。

严彬：这样的人其实现在不少，很多人都活在并非自己希望的状态里，不得不如此，只好忙里偷闲，找个自己喜欢的地方安静地待一会儿。说得好听一点，"诗意栖居地"吧。

卿松：他说在这里可以帮助他忍耐这一段时间，将来他有点钱了，去画自己喜欢的东西。这位顾客我是熟悉的。

还有就是习惯来的，每周都来，固定时间来书店看看。但我觉得早些年，大家对书的热爱要比这个强烈很多，比如说我们可能一周新到一批书，拆两次书，他们就跑来拆书，特别兴奋，寻了一路的好书，有这样的人，他的热爱比较单纯。将书作为生活的一部分，每周都有一点时间与书接触，这也是让他感觉到比较幸福的一件事情，来淘书。

严彬：有时候，面对同一件事情，机会太多，其实不大好的。比如你提到的那些拿出有限的一点时间来淘书的读者，和我就不一样。我很难体会到他们那种淘书的兴奋。因为我发现这本书，我不在你这儿买，可以在那边买，或者说我不看这本书也可以，我有替代品，我没那么大的向往，非得要在你的书店留言板上留个言，告诉你一定要将某本书给我留一本，某一天我要来买。现在书是这样多，买书的途径也很多，我们反而不大着急，也很难为之兴奋快活了。

卿松：对，能专注于某些东西其实是挺可贵和难得的一件事情。

严彬：是的，很单纯的热爱，有限度的拥有。

卿松：对啊，他有他的生活。

刚刚我们不是说，我主要关注的是采书嘛，采完书回来拆书，不少读者得到消息，会过来淘书，这两件事都有很激动人心的时候。我记得最轰动的一次是上古的一批书到。江苏一个书商，他从上海弄了 100 万上古的书，打电话给我，说上古书来书了——因为我每次抢不到嘛——他说你要不要来，在江苏沭阳，很小的县城。我说你等我，我立刻买票就去了。放到现在，我不知道会不会有那样的热情。那时候很狂热，赶紧去！

严彬：那次拿了多少书回来？

卿松：七八十件吧。那个过程是像武侠片一样。我去到那里之后看到，他通知好多书商，大家聚在一起，像江湖的武林大会一样。

严彬：那些人的状态都跟你差不多狂热？

卿松：差不多吧。

严彬：像现在春运排队买火车票。

卿松：我们到那里之后，首先找地方住，相当于武林大会，大家都去了。大库里边，大概有十多个人，十多拨，大概有五六拨是他们江苏本地的。每一拨人都带好些人来，我就一个人，还有一个天津的哥们儿也是一个人。后来那个书商说这样，他有一个总库，他说他怕我们抢，就从总库里边一车一车拉，一个大三轮拉过来，一人分几包。书甩下来，一会儿就没了，你不知道什么书。

严彬：不看品种？

卿松：要看品种，一包里边你拆出来，需要的你就自己拆，一包一包拆。因为我很瘦弱，比不过人家，弄了两天之后，我们就说我这个太混乱了。他也觉得很混乱，他说这样办，晚上找工人先拆好，分好，拿到一个大库里边，第二天整整齐齐你们自己随便挑。

他晚上就去弄了。我觉得可以拍个电影，因为他每个库都很远，我们去的是一个库，他的办公室是一个大库，他的总库是一个库，还有一个分书的库。我想去看一下晚上分成什么样子，结果他有预备，外面都有大铁门，有人守着，不让进。这个事情特别搞笑，你可能觉得没什么意思，我觉得特别搞笑。

严彬：那是哪年的事？

卿松：2008 年，后来我们就去了——我这样讲是不是太浪费时间了（笑）？

严彬：现在是 3 点，我们谈到 4 点。

卿松：好，我快一点，把这件事情描述完。就是我抢不过，就很不高兴，我说我们都是千里迢迢赶来你这儿，他们是本地人，你也不关照我们这些远道而来的，我就买票走了。我真的买了票，他还是找了我，他说你选多少嘛，我说尽量选。结果我晚上 8 点的车，下午 2 点多，他把我拉到库里，秘密的，我一个人在库里选书！成山的书，一件一件的，他找四五个工人帮我拆，我选。那是我人生中的非常难忘的经历。

严彬：一个人掉到一个宝库里。

卿松：对！非常大的一个库，几千件。你想想，几千件的书，我就在书下，旁边有人不断给你拆，不断给你搬。我可能将来再也不可能遇到这种情况、这么过瘾的感觉了。上古的书非常非常好，我把它们拉回来了。拉回来之后，大概有七八十件吧，我们通知读者，说上古的书到了。来了大概有五六十个人。我都不用拆包了，他们抢着拆，我说你们守秩序一点——我看到你们就看到我了——我说你们等一下，一个一个来。我们把所有的包放到外边，他们传递。拆到中午，书已售出去一半。当时那种狂热，真的难以想象。

严彬：现在还有这种情况吗？

卿松：没有，很久没有了。很遗憾，没有将那一切拍摄下来。非常非常壮观，书店内外堆满了人，夏天的臭味儿，找书的喊声，你现在不可想象的。这个故事要讲还可以讲很长，先到这里了。

严彬：好。接下来你还是可以用故事的方式来阐述。

卿松：讲故事比较好玩嘛。

严彬：书店的经营有许多方法之外的东西，尤其豆瓣这样不大的特价书店，有它的独特性，有的经验可以复制，有的可能不可以。

卿松：对。

严彬：我搜到网上一个豆瓣书店早期的招贴，说你当时在北大校园里卖书，招聘临时工，一天 60 块钱。当时是一种什么样的状态？

卿松：那时刚开书店。理论上说 2005 年就开始开书店了，2005 年我们在北大校内租一个小平房，很隐蔽的。当时北大有周末市场，我们就在那边摆摊。之后就会结识一些同伴。陈淑文（音）他不是说跟许知远很熟吗，最早有那种买书狂人，我的书大都被他卖掉的。后来，到了 2006 年，我们去到芙蓉里，到了那里，稍微开放一点，是一楼，我们将家里弄成了一家书店。

芙蓉里在北大西南门，对面是博士楼。到芙蓉里之后就形成一个小圈子，一些人经常到处瞎逛，什么人都有，三教九流。那时比较简单，我们晚上还会去摆摊卖书，因为白天去学校摆摊会被管，我就被管过。傍晚 6 点多出去，因为怕保安来找，我就说在勤工俭学。当时我已经毕业，还是很书生气。有个保安，我不知道是不是化妆来的保安，他买了两本，我记得清楚，买了两本之后他给了我 50 块钱。他说你们父母也真是，这么小就让你们出来搞勤工俭学。那时就是这种情况。

后来，我们中一个同伴聊天，他说，你看我们也算是上了大学的，我们什么时候要结束这种摆摊卖书的方式。后来，他真的停止了摆摊，不再卖书。那是 2006 年的事。再后来，我师傅，他以前是万圣的，他和我说万圣旁边不错。我说去看一下。

后来就将书店开到了那里。

严彬：豆瓣书店最早是在万圣旁边还是对面？

卿松：旁边啊，就在万圣隔壁。我去了之后，他们从店长到店员陆续都过来看一眼。就这样的一家书店，人家说，你敢开在万圣旁边，不是找死吗？有的读者是这样和我说过的。

严彬：你们两家书店的书有什么区别？

卿松：我们是特价书啊！很便宜。这对万圣是一种影响。

严彬：以前不少特价书店在卖盗版书。

卿松：我当时做这书店的时候就想，特价书就约等于垃圾书，我说我们要立志把这个事情改变一下，别以为便宜就没好货。所以说，我开书店，一直很重视书的采购，我要自己选书。

严彬：开书店，尤其在北京，要面临的一个问题就是难免经常搬家。你的书店搬过几次家？

卿松：这是小姑娘的问题。确实很多次。可以展开一点，它说明一个问题，像我们这种书店很难的一点，有很大的一个壁垒——房租。由于房租的局限，我们不能租很贵的房子，而开书店还要看位置，我们又不能离开这条路，沿着成府路搬来搬去，都在这附近。

严彬：沿着这条路。

卿松：对，先在万圣旁边，后来在附近地下室，又搬到对面，再后来又搬回去，最后搬到这里，搬了四五次。就是尽量不离开成府路，这一点还是比较坚定。

严彬：为什么不离开？

卿松：你也知道，这是条文脉，有学校，有万圣。我总觉得万圣是我们的精神领袖，刘苏里是开书店的教父。我是这样想的，一个东西一定有一个大的环境的推动，才会成规模出现。万圣书园起了这样一个作用，就像梁启超一样，他开风气，背后还有力量在不断推动，才会有那么多人起来。

严彬：好的。提一个新的问题：你理想中的书店应该是什么样的？以前我们也聊过，你现在还是讲讲，你为什么会固守着这样一家书店，不卖咖啡，也不做沙龙，仅仅卖书。

卿松：个人趣味嘛。可能跟我受到父母影响的关系，就是有些东西它一定要用书店本身说话，要有一种姿态。

严彬：什么姿态？

卿松：就是跟店主本身所传递的口号有关系。书店更多的是靠书籍的选择形成一个组合，这个组合，我觉得，就是书店本身会说话的，它所形成的气场，有时候你去描述它其实很干瘪的。而你只要进入书店就知道了。你可以去万圣感受一下，或者去新华书店，每个书店要开成一个什么样子，你进入其中，看看它有哪些书，书与书之间有种什么组合。可能我的理论不够，你让刘苏里老师说的话，他可能会说出许多道道来，他算是我见过非常牛的人。

严彬： 好，我们谈下一个，你的经营之道。

卿松： 就无为而治。

严彬： 无为而治。用事例来阐述一下你这个无为而治。

卿松： 其实我想，我们能留住读者的话，可能是互相吸引。我根据我的趣味选择这些书，正好有人愿意接受它们，这种风格的书比较适合他，这种气质比较适合他，那他就来了。我们在这一点上大都比较低调，基本上是属于一个比较保守的状态，以保守的方式在做，更强调口口相传。口口相传的力量可能是最珍贵的，也是最持久的。大概就这样，我们没有刻意去弄什么卖点，更多的是用比较保守的方式，以一种书店本身所传递出来的信息吸引人。

严彬： 你说你们是互相吸引，豆瓣的顾客有什么样比较典型的特点？

卿松： 有读者说你们不是学术书店，只不过有一点学术书，我说我本来就不想把豆瓣叫做学术书店，我喜欢人文书店。所以说我如果有一个理想读者，那他就是以阅读为乐的人。

严彬： 这也是我感兴趣的，一个书店的理想读者是什么样的。

卿松： 其实我挺讨厌那种读者，他来买很多书，他说因为什么需要来买。当然人家可能也需要，但我不大喜欢。我说的理想读者，就是他觉得这种相遇，他跑过来买一本书，对他有价值，有影响，他也觉得特别的幸福。我特别迷恋他们买了一本书之后特别高兴，离开店里时特别开心的样子。有时候，比如他们很安静地过来，静下来看书，突然店里没有音乐，我会专门挑首音乐放起来。

严彬：是啊，你的店里似乎是没有背景音乐。说真的，我是不大喜欢店里有音乐的，书店也好，咖啡馆也好，我喜欢安静一点。

卿松：有的，但有时候我会忘记开。我的意思是，有时候几个老读者来了，他们不说话，我也不说，但我大概能感觉到他们的趣味。你看他的眼神，特别专注地翻书，脸上还很温和的样子，你会觉得他很安静，而且他知道你的摆书路径，你会觉得，我们说做事要做得像家一样，进来就知道自己的拖鞋放哪里。他一进来就知道书放哪里，新书放哪里，我平时书怎么流动的，他都一清二楚。我就有一种很富足的感觉，千金难买君欢喜，我就觉得你这人不是作出来的，这是很有意思的一件事情，一种默契。

严彬：这种欢喜你保持这么多年，一直跟最初时差不多吗？

卿松：很难说跟最初差不多，但我觉得，以前更多的是那种激情，现在慢慢体会，是一种温和的欢喜。

严彬：我们谈一下你选书的标准。刚刚讲了那么长的故事，请你具体谈一下你选书。

卿松：这是个我觉得被问了无数次的问题。我总觉得这个标准其实是一个书店的标准。比如说有一个传承，做手艺，比如你做一个陶瓷，因为它是做书店，有匠气，它不是搞艺术。我说匠气，就跟一般的手工艺一般，我们这样的书店也没什么差别。我有老师，他影响我，教我怎么去做，但对书籍，更多的是我个人的趣味。

我有比较广泛的爱好，但是它有一个传承，它这样延续下来，传承下来。你让我描述那个标准，还是挺难的，但我就是那样去做了，你也感受到了，你从陶瓷本身就感受到了那个标准，传承下来。做书店也是这样。具体的话，比如万圣的刘苏里老师就有标准，我记得是"三无"，就是"无趣的不买，无聊的不买，无益的不买"，他有总结。

严彬：对的，他是有总结，你就不总结。

卿松：我不总结，我就是这样子。

严彬：但有总结，你的经验可能更容易传播一点。

卿松：就会瞎谈。

严彬：一路下来看故事，你是漫谈。

卿松：看故事好玩啊。

严彬：也是另外一种感受。你曾说过，豆瓣书店也这么多年了，可能再开个三五年，就开不下去了。你为什么作这种判断？

卿松：它是一个趋势。当然未必说一定开不下去了，但就我个人而言的话，就是这种影响。因为我们有几个特点：书本身，特价书渠道就不是很通畅，这是第一个；第二就是它的用量在减小，这样的话，可能造成的结果是特价书其实几率会变得更小，明白吧，就是积压的可能性更小了。所以这两点都会影响我，对我来说其实是一些技术性的问题。

以前印书，印多印少都是国家的，卖不完，销毁就销毁了。现在不是，图书公司跟自己的业绩挂钩，他销毁了以后对它有损失，它就会控制印量。

但也有一个问题，全世界都一样，一定有退书。要是这个退书本身很通畅的话，会是特别好的一件事情。对我们来说，它有一个合理的制度，一个完美的规划，特价书能兴盛，而且特价书店作为书店的一种形态，是一个非常好的补充。

这种设想理论上来说模式上是可以的。一本书印出来，如果有合理的制度，监管好，超过五年或者三年的，你可能要计算一下你仓储费用比例，超过比例，就要退货。新书的下架率是很快的，很多书半年到一年其实就下架了。这样的话，它下架之后，当然我说的是库存这方面，不是退货方面——你退货其实是可以跟库存连带的做了，连带的一起处理——就你的库存，比如说三到五年处理出来，因为下架率很低的话，你的库存可能会被积压。积压下来的书，就算不销毁，读者也找不到，很多是很好的人文书籍。如果有制度，比如说三到五年就统一处理一次，这样每年都会有一次，每年都会有前年的，它有个循环，比如说三年到了，每年都有一个三年到的可能性循环起来了。这样的话，很多读者就能够从特价书店找到一些新书里被遗漏的书。

我们现在做的其实是这个事情，只是没有很规范。为什么要销毁那些书？不要销毁。但他们说不销毁会冲击市场。这个是可笑的。冲击什么市场？你都下架了，新书你都找不到，你冲击什么市场？他们可能看不起特价店，国内是这样，但在日本最大的书店不是新书店，是特价书店，因为他们也是退书很厉害。

所以我就想，从技术层面来说，我们这个书店它处于一种不是特别稳定的状态，从大的趋势来说，网上书店的冲击，是不是应该关注一下。200 返 100 卖书，搞得我们也要去买一点，其实我不希望买这种书的，可我不买，我也完蛋了。200 返 100，是三几折，他进货是五几折、六几折，为什么它可以亏损卖？没人管这个事情。我们现在一天卖几百块钱书。

严彬：它名义上在促销。电商网站跟在地面开书店不同，它们促销卖书，可能并不是为了单纯地卖书，吸引买书的读者，它们将读者当做用户，你一个用户到这里来，因为图书促销而买书，可能同时又成为它其他商品的用户，比如电器、快速消费品。我们做网站，关于用户商业价值有一个衡量标准，叫做 ARUP 值，简单地说，就是一个用户在你这里能消费多少钱。举个例子，一个图书购买用户他的 ARUP 值可能是 15 元，但他的电子产品 ARUP 可能达到 50 元，而这个用户是可以在两种消费之间互相切换的。稍作衡量，他们当然会选择用低成本的图书促销，吸引来大量用户成为高 ARUP 的电子产品消费用户。

卿松：是。我觉得虽然大家都聊这个事情，但我们一定要明白一点，不能因为他们这个事情而损害了整个行业。将来没有书店，地面书店被网络书店挤垮的时候，网络是老大，他们牵着出版社走。我们将来的出版业，一些可能代表良知的东西，都被这些商人牵着鼻子走，很可怕。

严彬：对，这牵扯到图书销售定价的问题。但是很多人往往顾及个体利益和短期利益，他们有足够的脑子引导事情朝着当下和对自己有利的方向发展。

卿松：亚马逊在英国会满 200 元返 100 元地促销吗？你来到中国，为什么就和中国的网站一起搅乱市场？我听到有读者明确地说，他来买书就是支持你，否则就去网上买了。我朋友都说，你们现在还在豆瓣这种地方，或者还在实体店买书？早就应该在这种地方找书，看到需要什么书，直接到网上去买！

我还想说一句，万圣它是反市场的。买它的书的人大都是不计较钱的，它不是一个用市场经济可以解释的。现在网店卖书很火，万圣卖得比以前还好，我问他们店里的人，他说现在卖得很好，网上打折跟他一点关系都没有。

严彬：各个书店有自己的情况。万圣很多顾客是老主顾，慕名而来，它还有很大一部分书籍是外地的读者订购，包括海外的读者。又比如 PAGEONE 这种在中国卖外版书的书店，它的店开在三里屯，顾客本身的消费能力就较好，又有很大一部分外国读者，网店对它的冲击大概也不大。而你豆瓣不同，你是特价书店，本身卖的就是价格，以及你的选书，网店对你可能冲击会很大。

卿松：非常大。对我们来说，有一部分读者他会忠实于这里，但另一部分读者他也是觉得这里便宜一点，又是旧书，可以找到喜欢的书，他也愿意买，如非必须，他会选择去网上买。在豆瓣书店买书的人，有一部分还是觉得价格便宜一点对他来说心理上有影响，另外，如果不是很着急，他可以在网店等促销，你平时卖八折，我等到你做活动时买。很多人都是先把订单先下好，等着网店做活动。

严彬：这点你一己之力也很难改变，只能想自己的出路。

卿松：其实我也比较关心实际。我关心的是你做这个，你亏本卖书，合不合这个行业规矩，有没有这样的行会、协会来管这个事情。

严彬：类似于工会这样的机构，出版业并不是没有的。而实际情况却是这样的，在一些城市，尤其北上广这种房价居高的城市，正是书店租金和网店，以及缺乏有效的监管，在这几种力量的挤压下，书店的空间越来越小。

那么最坏的情况，我们悲观一点讲，比如传统书店真的整体上基本倒闭了，没有生存了，人们生活中也找不到一个可逛的书店了，对作为书店经营者的你来说，其实你也有别的活路，但对普通人而言，我们失去的是一个曾经美好的阅读环境，它可能进了博物馆，可能变成另外一种方式，有点像物种灭绝，甚至还有点符合进化论的规律。

卿松：对，就是一个消亡的过程，其实很多原来的书店从业者已经不干了。

严彬：有什么办法呢？

卿松：所以我还想回答以前说的那个对书店的扶持。我觉得，政府也好，其他人也好，要扶持就应该扶持这个行业，而不是扶持某一家书店。

严彬：好。我们谈今天的最后一点。你认为开一家书店需要什么样的先决条件？或者我换一个提法，现在什么样的人才会去开一家书店？

卿松：有钱的人。这个提法就好一点，有钱的人，他有这个想法，又不必以开书店谋生。但是这样，最后就会出现形形色色的咖啡书店、创意书店。这样的书店背后本身可能就不缺钱，就是玩票。但像我们这样的，以一种很像小草那种顽强的书店，很单纯的这种匠气的书店，它就会消亡。

严彬：这个就好比罗永浩做手机。有匠气、有理想主义的，现在来看是没有做好手机，那没有多少匠气、遵循市场规律办事的，反而比较容易成功。

卿松：对，说得很对。所以我就想说，这种形态的书店，可能将来慢慢地就会被刚刚我们提到的那种书店取代。它有钱，或者它是连锁机构，是个大企业，它就想开家书店。单体书店再过几年可能就难见到了。我对找投资、找人合作什么的，还有品牌，我有抵触情绪。所以这也是人的心理造成的。

严彬：类似愤青情结？

卿松：不是愤青。我觉得一旦有资助、有品牌之后，它可能就变了。我觉得这个时代就很流行这些东西，天底下最美丽的东西都挺肮脏的，人都活在面具下的。

严彬：有时我难过心理那一关：为什么这个行业的从业者，书店老板也好，店员也好，他非要过这么一种相对艰难的生活？为什么有的人、有的行业，千金易得，开书店的却一地难求？

卿松：我刚才其实跟你说了，就是说那批人，他们对一个事物单纯的喜欢。这一拨人的心态，我觉得，有人应该做做这方面的研究，以纪录片或其他形式，去追问和探寻一下，为什么这批人会那么单纯地去做书店这件费力不讨好的事情。我想这些故事里面会有迷人的东西，它会反映这一批书店从业者的状态与生活。

严彬：最近我找到一个解释的退路。它可能存在一个衡量标准的问题。用同样的物质或其他标准去衡量书店从业者与其他行业的人，是不是合适？最近有个科幻电影，讲到一个科学家为了探寻地外生存空间的可能性，不断计算，花了数十年不得论证。后来有人就和他说，他不能得出结论的原因，是由于用先前既有的标准去衡量一个未知的事物，而那个未知可能有它自己的标准。你以你自己先前的标准去计算，无非也就是一个自证的过程，放到一个全新的事物上，可能就不适用。也许我们可以用这样一个说法去解释与书店有关的一些事情，哪怕是安慰也好。

卿松：对，其实一样道理。可能你这个时候不能理解，确实是用了一个既定的标准，可能换一个角度就能理解了。

严彬：你能不能大概预测一下书店的未来，它会是一个什么样的形态？

卿松：我们刚才提到了，书店的形态，一类是超级连锁，还有便是个人趣味的这种。

超级连锁书店可能书与非书之间都没有那么纯粹的关系。还有就是些反市场的书店，像万圣，大家都是铁粉，不计成本去买它的书，其中文化认同的意味也比较大。我觉得这样的书店应该比较多。

还有一类就是主题书店，我觉得这是一个很厉害的模式。把旧书做起来。因为在中国二手书流通比较差，它没有那种传统。在有些西方国家为什么二手书很厉害？因为他看完之后有些就愿意拿出去。所以说还是一个大的环境影响。你旧书不流通，也很难做旧书。新书店主要通过网络。还有将来的电子阅读，就是这几类书店。

我觉得应该打破新书旧书这种布局。我总觉得，比较理想的状态就是不要区分什么新书旧书，而是去做主题。那是比较理想的书店，而且能生存下去。

严彬：好。今天我们就谈到这里，谢谢卿松。

理科男中的文艺女青年

——墨盒子访谈录

说在前面的话

在北京，东南西北这四处像四个各自独立的城，从接地气的熙攘东城到高才学子垒成墙的西边，若仔细体会，连气温都有区别，只有雷同的建筑和饭馆里的熟悉飘香模糊着彼此的分界线。越往西走，发廊 KTV 越发稀罕，肩摩的距离越来越大，轮毂的嘈杂也越来越少，没有了沸点的热水，温热而不聚集，不着急生烟冒泡。

北京大学东门正对着的这条成府路上，有好几家五脏六腑都庄严的书店，因为成群的栋梁、教授、高材生都聚集在这个区域，于是，生长在这边的书店，自觉若不是个博士、院士的学霸级人物，都只能轻履溜边进入。而就在路南有一家绘本图书馆倒是让人有几分放松，在一片冷峻灰色高调的建筑群中它矮矮的，踏踏实实、安安静静地呆在路口。一个纯白色复式小建筑，门口三个大大的"墨盒子"

招牌字五颜六色的，像是不发光的霓虹灯，要通过几节木质的小楼梯才能来到店门口，楼梯扶手也尽是刷上白色油漆的铁栏，来到比地面高出一截的店门前，门口橱窗里摆放着一副画架，架上摆放一个订有图书会员制海报的画板，透过通透的落地玻璃门一眼能看尽书店的内部构造。它夹杂在科学院、科仪中心、纳米研究院、北大物理学院的中间，像一个一群理工科男生中间冒出的浪漫文艺女青年，独特得毫无选择。

一进门，书架模样半开放式的玄关上站着一幅半身像大小的画，画中是穿着彩色衣服的五只兔子，像五个傻傻的快乐孩子，这是墨盒子的LOGO。玄关的左侧，有一个旋转式的纯白色楼梯，楼梯通往二楼的活动学习区，那里时常有些绘画课程，或者周末会放一些动画小电影。通过玄关径直往前走，视野就开阔些了，白色的木地板让空间假视大了些，空间的左右两侧都是顶天立地的书架，书架的质地都是加厚板材，再没有多余的加工和修饰，书架分类摆放着各类插画绘本图书，离书架近的时候，能闻到板材和书本印刷混合在一起的味道。左边书架的前方有一个工作台，借阅或者买书的顾客会在这里结账登记，若身体前倾或者眼神好的也能一眼看到工作人员身后书架上的图书细节，这些架上的图书是不外借的，都是书店老板私人从国外带回来的书，或者是积攒多年很难找的书，不用贴上仅此一本的标签，大家也能从独特的封面辨认出此书独一无二。穿过白色地板区域，有四级深咖啡色的木头楼梯，一些家长坐在阶梯上给自己的孩子读绘本故事，安静的孩子会依靠在家长的身边，也有淘气些的孩子会歪七扭八地趴在楼梯上。楼梯正对面的落地窗户下面有一个三人小沙发，沙发的右边摆放着一盆大绿叶植物，左边又有白色的楼梯，也是能通往二楼的，二楼的楼梯两侧是刷过白色油漆的铁质架子，架上也摆满了书，铁架一直延伸到二层的另一个地方，那里有一道门，门里是一个长条形的小空间，这里是店长的办公室，穿过店长的办公室，就可以来到活动区域，再穿过活动区域下到一楼，就来到了有玄关的大门口，循此往复，不管从哪个楼梯上去，都能从另一个楼梯回到一楼，整个一楼就像一个"工"字形的盒子，"工"字的左边分别都有楼梯，当然，如果关上二楼店长办公室的门，那么就只能原路返回才能回到一楼，一楼到二楼之间的设计就像一个秘密花园，总能见到一些孩子嬉笑着在连通器式的楼梯格局里上蹿下跳，好像自己是个魔术师，玩着"突然出现"的游戏。来书店的人也经常会对这奇特的格局感兴趣，不过这也不奇怪，书店的创始人是一名建筑设计师，除了那些绘本，引人入胜的就是这个空间的设计。

跟墨盒子的创始人张弘老师聊了很久，谈到一些对教育的理念，包括书店的经营，还聊到其他同类书店的兴衰，发现张老师的做事态度始终是非常认真的，并且深入调查的知己知彼的能力很强，通过和他的谈话，想经营书店的读者也许可以把这篇文章当做书店创业者的工具书了。

"墨盒子"老板

张弘，60后，建筑设计专业，爱好绘画，爱好读书。

老板是个说话语速不快，语调很平和的人，样子看上去比实际年纪要年轻，笑的时候眼睛会眯眯的成一条缝，心底里的那股天真劲儿就会漾上来，但是笑容里总会有一种隐忍气挂在嘴角。我们是在他的建筑设计工作室见面的，听他的员工说，他非常忙，有时候甚至忙得没有时间吃饭，但是见到他的时候，他始终给人一种忙而不乱、有条不紊的感觉，好像再忙的事情连时间都会等他。

夏钰奇：想问您学的是建筑设计专业，为什么会有开这个绘本图书馆的想法呢？

张弘：我一直很喜欢画画，后来报考的建筑设计专业也是跟画画有关的专业，在后来的生活里，因为有了家庭，2000年的时候有了孩子，到了2003年的时候，孩子就可以看书了，也是因为要教育孩子，开始接触绘本，给孩子也买了不少的书，后来越来越多，家里的空间已经放不下这些书本了，然后突然就有了一个想法，如果有一个空间能专门地放这些书，并且能和更多的人分享，那是个很好的事情。其实这个想法是我和我爱人的共同的想法，因为现代的文化女性开个咖啡厅、小书店都是很梦想的事情，她也不例外，所以她也很乐意把这个事情做下去。包括后来这些想法的具体化和落实很多都是我妻子去实行的。

夏钰奇：书店为什么要取"墨盒子"这样一个名字呢？这里面有什么样的涵义吗？

张弘：这个名字是我爱人取的。主要的思路来源于小时候我们写毛笔字的墨盒，我小时候上学的时候每周有两节毛笔字课，然后就会带着自己的墨盒，那个时候是很节省的，买一块墨加一点水，自己研墨。其实这种研墨，笔墨这种东西是跟中国的传统文化有关的，对中国人也有特别大的影响，所以起这个名字其实当时想法挺简单的，就是希望大家听到这个名字的时候会联想到这是个有文化氛围的地方，从名字意义方面来说是这样的。

夏钰奇：墨盒子的设计风格理念是什么呢？

张弘：从设计上来说，墨盒子的空间设计都是白的，字是黑的，在这个黑和白之间是有一种无穷的可能性的，后来又加进一些更多的色彩，带来的效果也是出人意料的，我们就是一直在尝试，尝试一种可能性。刚来到这个空间的时候，其实就是一个高高的长长的空间，跟普通的办公楼实验室一样，没有什么特别之处。我个人认为，在设计上一定要创造一个环境让孩子有兴趣去探索，因为孩子的探索和学习就是通过这种玩儿的方式来完成的，而不是通过功利的方式完成的，当然那些也是能力的体现，但是我始终认为那不是最重要的东西。所以在设计上，首先我得自己把自己回归成一个孩子，我要自己先觉得好玩，所以这个空间设计的确引起了孩子的兴趣，但是给店员添了不少麻烦，孩子们会在这个空间里探索，跑来跑去的，在管理上有些费心，但是我仍然坚持这么做，管理上的问题都是可以克服的，因为孩子是有自我保护意识的，其实过多的担心反而会抹杀他们的天性。我一直在想，为什么中国的设计没有灵气，匠气很足，总是抄袭，堆砌，因为其实我们从小就没有受到过一个健康的正确的审美观，没有引导他们去探索去发散思维，也没有一个正确的表达方式，如果我们现在能给这些孩子一些机会的话，我相信以后从墨盒子会出现一些不说伟大的设计师，至少会出现优秀的人才。

夏钰奇：当时您对空间有没有觉得遗憾或者不满意的地方？

张弘：我对空间其实没有要求，因为我本身就是设计师，设计师就是能把可以利用的空间利用起来，所以大有大的设计，小有小的设计，我对空间没有特别的要求，所以也没有什么不满意的。

夏钰奇：有了这个想法以后，马上就开始去实施这个想法的吗？

张弘：有了想法以后，没有马上就开始，因为当时也只是一个想法，直到2007年的下半年，机缘巧合，这个想法才具体的落实，当时，科仪公司有这么一个空间空出来了，我们就把它给租下来了。刚开始的时候大家都没有经验，我自己本身的工作也很忙，我能做的就是先把这个空间给设计出来。

夏钰奇：空间有了，可以开始营业了，您打算怎么去经营这个空间呢？刚开始营业的时候遇到哪些问题了呢？

张弘：空间有了，接下来比较费心的就是书籍上的选择问题，也花了不少心思和精力。但是后来发现一个问题，并不是所有人都能接受一个这样的绘本书店，因为我们周边书店其实还是挺多的，比如以前豆瓣书店就是在这里，后来搬走了，空出了这个地方，我们才有机会进入。进入了以后困难才真正开始，因为周边的竞争力还是存在的，特别是一些公司集团的书店，他们的实力是很雄厚的，比如说光合作用，就在北大那边，后来有个分店在五道口的地铁口那里，按道理说人流量和交通地理位置都是有保障的，两年前倒闭了，他们本身就是一个公司，即使倒闭了公司还在，还可以做其他的东西。现在的互联网的观念已经很普遍了，有很多公司名义上是做这个，事实上是要做别的事情，所以他们很着急地做一个平台，可能最后就会产生一个不太乐观的结局。

夏钰奇：其实经营一个项目，理念和核心价值观还是挺重要的，在您心里，墨盒子应该是个以什么状态面对大家呢？

张弘：其实一开始也没有太明确的方向，因为很多事情需要在实践中找方向，所以其实墨盒子的理念和核心是在我们后来的经营中一点点地总结，一点点地思考出来的。我觉得我们是在宣传一种生活方式，这种生活方式就是对平凡生活的一种关注，希望能在平凡的生活中发现美，我们给自己找了三个关键词：发现美，感受爱，启迪智慧。其实最后还是说的是真善美的一些观念，只不过我们把次序颠倒了一下，应该我们这个书店针对的人群主要还是儿童。因为孩子是靠感觉来感知这个世界的，或者通过看（视觉）来了解这个世界的，如果我们相信人是有灵性的，那我们希望能让孩子通过"看"感知到这个世界，而不需要太多的外界的教化，这种教化也许只是一种共振，就是一种互相之间的交流而已。最终还是想让孩子通过观察、感知来感受美好的感情，然后能启发孩子如何去思考，去启发真正的智慧，能够为孩子的未来的生活准备一些精神上的东西。如果非要说一个理念，大概就是这个吧，其实也只是我们对孩子想做的一些事情。

夏钰奇：我们知道在北京也有其他的类似这样的绘本图书馆，但是好像每个绘本馆的面容都是不一样的，墨盒子跟其他的同类绘本馆有什么不同之处吗？

张弘：其实墨盒子也不算是老书店了，蒲蒲兰绘本馆是比我们更早的绘本馆，他们主要是出版、推广日本绘本的一个窗口，他们也是推动儿童阅读，但是我相信他们背后一些目标和我们墨盒子还是不同的。墨盒子关注的是社区，是周边地区人文生活的一个层面上，我们希望踏踏实实地从影响身边的人开始，甚至可以影响到教育。我自己的身份是设计师，所以我很关注原创的一些东西，跟一些原创的绘本画家和一些大学的机构也都很熟悉，比如熊亮，熊磊，中央美院，北航这些大学的老师也都有些联系，我们也经常会交换一些信息，所以我自己也希望我们的书店能为这些原创的东西作一些贡献。

夏钰奇：儿童阅读现在是墨盒子的重点，您希望儿童阅读最后能达到一个什么样的效果呢？

张弘：我们确实很关注儿童阅读这个部分，首先是通过阅读能增加亲子间的关系。现在这个社会正在处于转型期，来自各方面的压力都很大，尤其是一些父母的那种焦虑感，会不由自主地影响到孩子，就会影响到亲子之间的关系，而孩子就是我们的未来，我们怎么培养好他们，都是很现实的问题，所以我们墨盒子希望能通过阅读来联系亲子之间的关系。

夏钰奇：什么样的亲子关系才是你觉得比较理想的关系？

张弘：我们是想摒弃一些功利化的教育，比如说孩子学了多少拼音、多少字，会了多高级的数学题，我觉得这些都不重要，尤其在孩子的心灵成长过程中，重要的是希望孩子得到家人和父母的关爱，能得到更多的交流互动，这比会了多少知识更重要。在这个交流互动的过程中，孩子和父母都能得到快乐，父母也能在培育孩子的过程中得到一些经历，甚至可以通过一些反思来安慰自己的一些焦虑，改变焦虑的生活状态，其实这个是我们做阅读推广最想要做的事情。当然想做和能做还有能否做到，这是三种不同的事情，我们现在想做的一些事，去做了，没有做到的一些事情那是根据现在的状况和现有的能力来定的，虽然我们还没有达成的目标，但是我们一直在努力。

夏钰奇：墨盒子最重要的就是这些绘本书了，您的身份是设计师，您曾经提及对原创的支持，墨盒子的绘本来源除了传统的渠道，您有想过其他想法吗，比如说能跟原创挂上钩的？

张弘：这个其实一直都有的，因为看过这么多的绘本，其实也有想挖掘一些真正属于自己的原创作品，所以在挑选店员的时候都是有筛选的，以往招聘店员我都是比较看重他们的背景的，我们的店员基本都是在美术方面或者艺术方面有兴趣有特长的，有的是自己有创作，或者比较喜欢艺术，还有就是本身就是绘画专业的，愿意写啊画啊的这些人，我都愿意把他们招进来，进行一些交流还有讨论，能够让他们把自己的特长发挥出来，为这方面作一些准备。当然真正的创作还是一件很艰辛的事情，那是需要很多的积累，很多磨炼才能出来，当然我们还是没有放弃这个能有自己的原创绘本出炉的想法，我们还是有机会实现这个目标，只不过过程可能很漫长。

夏钰奇：之前我们说了很多理念上的东西，其实特别想问问墨盒子第一个店员是怎么来的？

张弘：其实没有什么特殊之处，就是在店门口张贴了一个招聘的帖子，然后就有人进来应聘了，但是这个店员的工作主要是做一些日常的常规性的工作。因为我们当时希望这里的店员是能够参与管理的这么一个角色，后来这个主要的店员是我爱人带过来的一个店员，她是一个儿童文学作家，她本身就特别痴迷于收集这些儿童文学类的书籍，因为她自己本身写作，也需要一些插画来给她的作品配图，她也认识很多插画师，所以当她看到这个绘本店的时候很惊喜。北京的书店，各式各样的都有，也很多，但是绘本书店确实不多，最早就是蒲蒲兰书店，然后就是我们了。所以当时她就提出能不能在这里做店员，我们觉得那是再好不过的事情了，她当时的名字叫"疾走卡拉"。她写过很多儿童文学的小说，现在也是在出版社做儿童文学编辑。

夏钰奇：在当时的店员很少的情况下，就这么两个人，您怎么管理呢？

张弘：其实谈不上管理，我们沟通就像朋友之间的沟通，完全没有那种上级对待下级的感觉，也没有这种气氛。我们要上架什么书，组织什么活动，都是像朋友一样商量着去做。

夏钰奇：这样做活动肯定有一些推广效应，但是书店的盈利状况是什么样的呢？

张弘：说到盈利，当时是没有盈利的，因为这个绘本馆刚刚开始的时候，很多家长还不知道绘本对孩子起到的作用，对绘本形式的接受度还没有达到一个认知和认可，因为绘本这种形式就是书没有几页，字很大也不多，而且还这么贵，就是觉得不太容易理解，所以是基本没有盈利的，能让大家接受这么一个理念就已经是在前进了。

夏钰奇：这样一直不盈利，有没有想过办法去改善？

张弘：一直都在想办法改善，本来以前是只售卖绘本，没有做借阅的会员卡，后来到现在就转型成以借阅为主了，但是同时也售卖。当时在杭州有个插画师在大大小小的这些研墨的盒子上面作画，画了很多不同的画，然后就在我们墨盒子展出，当时一楼就像一个画廊一样，展出他的作品，然后有部分的作品还进行了售卖，当时也有不少人来参观和购买。这种活动也挺有意思的，所以我们后来也做了一些这样的活动，比如后来请到熊亮来签售，还有捷克的一个画家到这里来和美院的同学互动，这种活动做了不少，后来卡拉提议可以放电影，就在二楼，那时候二楼是比较空的，所以傍晚的时候就在那里用投影仪放一些小的实验电影，和一些跟绘本有关的电影，当时活动室活动挺丰富的，也是想通过这些活动的形式来吸引一些读者，但是盈利方面还是没有解决，只是增加的一些人气。

　　夏钰奇：后来为什么转型成借阅的形式了呢？

　　张弘：在经营过程中我们不断思考我们的初衷。因为我们的初衷是想和大家分享这些书的，但是因为书价格的原因，我们的分享目的根本达不到，就像一杯水，它再好喝，可是你从来没有喝过也不知道滋味是什么，那肯定不会去买它，所以后来用借阅的形式其实就是相当于试喝，试喝其实就是白喝，或者是小杯，很便宜，就一分钱，好喝不好喝的也就一分钱，你能试试。所以一开始我们的会费非常便宜，一年 300 块钱，算下来也就一天不到一元钱就能把书都看了。要吸引别人来看，在书的质量上一定要好，所以我们不仅是从书籍市场、出版社拿来书，我自己出国的时候也会从国外带一些私藏的书也放到墨盒子。因为转型成了图书借阅以后效果还是不错的，许多家长也开始认可这个方式和这些书籍了，我们是想能把我们的理念对社区、对社会有一个推动的，但是现在的阶段只能做到这里，能力还是有限的，现在只能是服务于周边的社区。

　　夏钰奇：除了这些吸引读者的方式，还做了什么其他的宣传吗？

张弘：其实我们从来没有做过宣传，就是有人进来看看，然后就这样口口相传，人越来越多，慢慢的大家就觉得这是个可以聚集的地儿了，在这个过程当中其实我自己也越来越认识到我们这个店的意义，其实是一个提供了成长的这么一个环境，孩子从学校或者幼儿园回到家，除了两点一线以外，有这么一个地方呆，这个地方绝对不是简单的游乐场，或者是其他商业的设施，而是一个对孩子发展的身心有益处的一个空间，从这点来说我们更坚定了我们的发展方向。

夏钰奇：改成借阅的方式以后，是不是盈利方面就有所改善了呢？

张弘：还是没有，因为借阅虽然增加了一些人气，但是就像刚才说的，变成免费尝试，收入更加面临困难，但是想想我们的初衷，本身就是公益性质的，一开始也就没有打算这个书店能给我带来多少丰厚的利益，所以为什么我一直不能有更多的时间全身心地投入到这个事情上面，就是因为我需要在别的地方工作来补贴墨盒子的开销，并不是我不想管这个书店，这个和有些老板有些闲钱开个店自己不管让别人管不是一个类型的，虽然我人不出现在现场，但是我还是有很多精力关注在那个点上的。

夏钰奇：所以这个店的意义对您来说更重要，可是不盈利也需要持平吧？至少需要维持下去吧？

张弘：是的，虽然我很注重这个店的意义，但是不代表我就放弃了，因为我始终认为一个好的东西它一定是健康的，一定是可以自负盈亏的，如果把它比作一个人的话，只能靠输血来维持生命的人一定是濒危的人，是一个面临危险的人，我是希望这个店能像一个正常吸收营养的小孩，他能长大，能走路，能够变成一个帮助别人的人，这个是我最终的理想，并不是一个幻想虚妄的东西，所以我们现在也在往这个方向去努力，能让它自己健康的成长。但是现实问题确实存在，也有一个契机让墨盒子好转起来，有一次一个家长来借书，说你们这里只能看，能不能教呢？于是我们就开始考虑这个问题，后来她说有些同学也想学画画，于是我们就把空出来的二楼做了美术班。

夏钰奇：有了美术班，就存在生源的问题，墨盒子做了什么宣传吗？

张弘：我们从来没有做过宣传，因为周围都是北大清华的子弟，当时有几个孩子凑成了一个班，我们也找了美院的老师来教，没想到效果很好，一传十、十传百，学生家长每次来的时候开头语就是我的孩子是谁谁谁的同学，听说你们这里的有美术班。所以墨盒子的美术班是口口相传的，后来孩子越来越多，现在已经有一百多个孩子了，书店主要的经济来源是靠美术班支撑的。

夏钰奇：在我们社会的现阶段，纸媒基本上已经很难生存了，有很多人觉得去做书店这种事情，是没有希望的，是什么力量让您有这么大的动力面临困难还去坚持这件事情呢？

张弘：这就是大家对希望的一个不同的理解，有的人说的没有希望是说通过纸媒来赚大钱是没有希望了，但是我觉得大家需要读书、需要受教育、需要交流这件事情是永远不会消亡的，变化的只是媒介，我们现在做的这个事情并不依赖现代流行的媒介，但是如果将来这些媒介产生变化，我们也许也会有变化。但是我也发现一个现象，就是当一个东西要消失的时候，这种东西会更加得到珍视和珍惜。况且中国人口这么多，如果真的能把喜欢绘本书的人都找到这里来，我们这里根本就盛不下，所以我们并没有什么野心，要做成阿里巴巴那样，最后上市什么的。

夏钰奇：其实不太想问您这个问题，因为挺官方的，但是还是要问问，您对墨盒子的未来有什么计划和愿景吗？

张弘：墨盒子到现在开了已经六年了，其实愿景还是刚才说的希望能给孩子提供一个很好的利于身心健康发展的场所，至于计划，其实有很多计划不如变化快，我希望墨盒子顺其自然地成长起来。

"墨盒子"店长

店长：青云，90后，曾经是出版社的编辑。说话声音底气十足，宏亮的声音总让人觉得是刚练完气功回来。

夏钰奇：青云是怎么来的墨盒子？

青云：就是招聘的时候我进店里看了很多的绘本书，然后又看到很多孩子，当时我就有种心里很踏实的感觉，很平和很舒服，于是心里就想，就是它了。

夏钰奇：青云是怎么成为店长的？

青云：我以前就是墨盒子一个普通的员工，因为当时墨盒子的员工很少，再加上流动很大，因为当时墨盒子本身就还不稳定，所以有员工走了以后就没有人了，于是我就上了，当时没有想太多。如果再有一个理由的话，就是觉得想试一试，能不能做好，挑战一下自己。

夏钰奇：你对于墨盒子工作是一种什么样的感觉？

青云：我从来没有觉得我在墨盒子是在打工，因为张老师一直都是我生活和工作里一个很好的导师，很好的朋友，墨盒子跟我的关系就像我的一个同学，或者是小伙伴，是我内心里很重要的一部分，反而有时觉得我在给科仪打工，因为我们店里最大的开支就是店租，所以我觉得我在给科仪打工。

夏钰奇：你一个人管理这个店，在没有很丰富的经验的情况下，你怎么解决问题？

青云：其实压力是一直有的，但是也是一种动力，这个压力不是一个具象的东西，没有办法说清楚具体的事件，但是这种感觉是存在的，每天都会有事情发生，每天都会遇到没有处理过的问题，我要做的就是努力面对问题，然后去解决。

夏钰奇：在出现一些问题的时候，你通常怎么去解决呢？

青云：张老师虽然忙，但是我们还是什么事情都要一起商量的，但是就是因为他忙，有时候恰恰是给了我一个很大的空间，而且他很愿意让我"试错"，有些事情他知道这样处理会是一个什么结果，心里已经很有谱，但是他会让我来处理，来问我这个事情你打算怎么办，他从不会说教，让我这样做，那样做，顶多就是给我建议，即使他心里已经有了解决这事情的正确方法。所以这个对于我来说是非常难得的，这是一个很好的学习和成长的机会。

夏钰奇：店里的收支一直都是你来管理吗？

青云：不是，以前是张老师管理，没钱需要进货就管他要，要发工资了，也是他交到我手上再发下去，现在就不一样了，现在全部交给我。

夏钰奇：交给你以后什么感觉？

青云：以前就像孩子，没钱找家长要，现在是自己过日子，才深知柴米油盐贵，贵得肉疼，一到要发工资了，或者要交房租了，这个费那个费要交了，压力就来了，而且我们每个月都要更新新书，这个开支就挺大的。接了柴米油盐的活儿，我就得完全自己把这个平衡支撑下去。

夏钰奇：你年纪这么轻，跟这些家长打交道，觉得有压力吗？

青云：没有压力，我就是觉得我跟他们是平等的，没有去分别年龄身份什么的，有一次有个家长办了会员，问我有什么特权，我说我们已经是在倾力奉献了，您还问我要什么特权，然后家长就乐了。平时跟他们说话我也没有刻意地觉得是长辈要很客气之类的，就是不卑不亢。有一次有个奶奶带了六个孩子来要到美术班试听，我就没有同意，因为我们不是商业模式，不会说你给我们带了生源来，我们就要对你网开一面，结果奶奶就很不解，觉得我给你带了那么多孩子来，你们怎么还是这样一个反应，但是在这些事情的处理上我是一直保持着我们墨盒子的理念的。其实墨盒子的老学员都已经习惯我们的教育模式了，并且慢慢在认可，我们学员班有个小女孩我叫她白天鹅，因为刚来的时候整个状态就是紧的，也不怎么说话，后来来上了一段时间课以后，慢慢就放松了，甚至在墨盒子比在学校还开心。还有一个小朋友，他跟妈妈说"妈妈，我可不可以到墨盒子上幼儿园"。其实看到这些孩子的改变，就觉得做什么都是值得的。

夏钰奇：你自己现在有什么新的计划呢？

青云：自从接了柴米油盐的活，我就有了一些想法，就是还是想不仅仅是收支平衡，还是想有盈利的，因为盈利了以后才能有机会做更有意思的事情，不能一直深陷在一个苦苦支撑的状态。希望在不纯商业化的前提下，能有一个好的运作模式，现在都是在摸索想办法，不希望再是以前张老师一直给墨盒子输血，我希望墨盒子能自己造血，有个良性运作。

夏钰奇：接触这个书店最多的可能就是你了，在这里发生了什么让你觉得印象比较深刻的事情吗？

青云：在墨盒子这几年，有趣和感动的事情太多了，但是有件事很有意思，我们的会员有个 5 岁的小男孩说要跟我结婚。他说：你以后要嫁给谁？我说：我还没有想好。他说：那你可以嫁给我吗？哈哈！

青云笑得很开心，也许她嫁给孩子们确实是最好的归宿。因为这个采访，后来我自己也常去墨盒子看书借书。有时候气场是一个难以言表的东西，在这个大喊成功才是普世价值的社会，还有这样一种人在做着这样真正利他不求回报的事情，谁能说正在传递一种正能量的墨盒子，传递正能量本身不是一种成功呢？这里总能吸引倾力付出的员工，墨盒子是因为孩子，因为希望，因为爱而转动。

彼岸书店开店日记

赵越越（彼岸书店创始人）

2009-06-29　19:16:01

今天，门口草坪中间的小路终于完工，以前要踩着草坪上简单铺设的石板倾斜着"爬"上来。现在终于可以沿一条平坦的石板、鹅卵石小路走进未来的书店了。

草坪马上跟着要进行改造，要种上几颗石榴树，还有新的草坪和万年青。

前天制作书架的厂家已经来现场进行了测量，报价还没有发过来。

明天还要和约见一家图书批发商。

……

2009-06-30　19:18:46

书架厂家发来报价，真贵呀，一个 2.2 米高，0.9 米宽的书架，就要 920 元。初步规划了大大小小 20 组书架就要小 2 万了！

本来约好的出版社发行负责人，最终没有答应来看看我们的环境，可能是担心我们设下"鸿门宴"吧，那就我们上门拜访，谁让我们是新手，没有销售成果呢，等有一天，我们牛了，哼！

让人高兴的是，下午移植过来的三颗石榴树顺利栽种到了门口两边的草坪上，这原本是物业自己种了几年的，一是为了支持我们开书店，二是配合物业的环境改造工程，赠送给了我们。

石榴象征繁荣、吉祥、富贵，远远看过去，一片绿叶中点点红花，好看！

2009-07-02　07:35:22

一位搞收藏的朋友的鸡翅木原木，有3米多长，没有地方放，于是就寄存在了书店。想来想去，计划制作一个结实的支架，将鸡翅木支起来做成一个长桌子，放在大厅的书架之间。

记得北大未名湖边的第一教学楼曾经有一间教室，里面的桌子、椅子都是古老的、长长的木头，曾经在那里旁听过一个学期的历史课，感觉极棒。

现在这个"名贵"鸡翅木，能够成为爱书之人倚靠的书桌，也算物尽其用吧。

下午请来制作模型的老朋友，现场测量设计，他可是专门复制1:1的高仿真飞机的专家，空军出身，说是要把滑橇式直升机的一种移动、固定技术应用到这张桌子的设计中，哈哈，谁说古典与现代不能结合？！

门口草坪中的青石小路，石板缝隙中铺设了雪白的鹅卵石，可是在夏日强烈的阳光下，一片刺人眼目的白光，让人睁不开眼，只好联系施工单位更换，可能要等上几天了。

下午，一个出版社的主任和发行员来到书店考察，比较满意，初步就书目、折扣、押金等事情进行了商讨。另一家渠道商，计划明后天就去拜访。

听说，今年渠道商的日子也很难过，不得不对独立书店们制定了更加严格的回款、押金政策，惨！

与物业单位就租金的问题也在商谈，不知能否争取到优惠的价格……

2009-07-02　21:01:37

今天下午和一个代理国外家具的老朋友聊天，一说起来，他竟然有一个小小的木工厂，可以帮我制作一批书架，只要支付材料和基本的人工费就行了，哈哈哈，幸运。虽然他们可能不是专业做书架的，但工艺都是相通的，于是先预定了两个，看看情况。

门口的草坪用万年青围了起来，刻着书店名字的泰山石遮掩在石榴树和绿色灌木之间，很不错！

与一家著名的艺术类书籍渠道商进行了接触，初步选定了一批图书。选书、进书，这真是一个头疼的问题，特别是对于没有经验的，感觉无从下手，那么多的出版社，二渠道也是多如牛毛，图书更是千千万万，未来的书店将是什么样子，完全无法预料，就像是在抚养一个孩子。他在一天天长大，会是我希望、想象中的那样吗？

2009-07-03　17:52:14

今天"微服私访"了几家小书店，看了图书分类、书架格局，颇有收获。

下午又去朋友的公司体验了自动咖啡机，以前都是喝茶，这次品位了一下咖啡，又是另外一种风味。然后大家一起去商场看了几种咖啡机，国产进口，3000—20000元不等，又要预算一笔银子了。

有书、有茶、有咖啡，还有书桌、有朋友以及窗外的石榴，想象中的美好情景，一步步去实现。

2009-07-04　22:34:04

搬家很累。

不过，总算清理了库房，可能会弄一个小影音间。

忙完已到傍晚。

13 年前一起苦行河西走廊的朋友来访，不亦乐乎。

这些好友，已经被我约法三章：一，从此以后不准上网买书；二，从此以后不准去其他地方买书；三，从此以后不准在其他地方看书！

哈哈哈哈，当然，我们向来都是执法不严的！

2009-07-05　21:23:29

为了协助我们这些独立书店，出版发行业内还是想出不少点子。

"中国书刊发行业协会非国有书业工作委员会"（简称非工委）以及"北京开卷信息技术有限公司"都可以为独立书店提供信息咨询和培训。

可惜，这些都是要收费的，非工委的"成功书店 30 讲"很想去听听，网络远程版是 5000 元，开卷的加盟费用据说也不低。想起那个无奈的理论：淘金的赚不到钱，卖牛仔裤的却发了。

好在，非工委的 BBS 上面，免费公开了很多这几年出版发行业内的讨论会记录，都是这个圈子里面"振聋发聩"的风云人物，为我等所敬仰。这些讨论都是他们的真实感触，给我很多提醒和建议。

看到大家也有那么多的困惑，心里稍微有了些安慰，万圣、光合作用……都是坚持了十好几年，才在读者群中建立起良好的口碑。

好吧，2009 年就算是彼岸书店元年！

2009-07-06 20:17:25

有客户预定了图书，第一次接单，很兴奋地去联系出版社，结果出版社发行的先问是谁要买书，也就是说问我的客户是谁，理由是出版社的发行人员可能也联系了这个客户，这个客户有了这本书的信息后，因为认识我而没有直接从出版社买，而是通过我来买，那么他们需要了解是哪家客户，以便考核发行人员的业绩。

说实话，这个搞得我很是迷惑，因为完全是外行，不明白这个行业的规矩，在我原来的行业中，供货商怎么能去打听我的客户是谁呢，这是商家的大忌呀，你知道了我的客户是谁，要我干嘛？！

不明白，新的行业，新的行规，还有很多需要了解和摸索。

2009-07-07 22:17:40

网友布娃娃也是行动派，前天联系说可以介绍一个行家，今天就带着人赶到了牡丹园。

一聊才知道确实是行家，前前后后在几所大学中开了好几家书店。见面就劝我不要开书店，因为又累又不赚钱，除非是真喜欢，用心经营的话，应该不赔钱……

半年当中已经有无数的人对我进行了全方位的打击，我都挺住了，并且一如既往地开了书店，当然，一是因为确实喜欢这文化的事，二来也有赌气试一把的意思，第三，我也有些自己的道道，也许能走出条路来（其实每个人都有自己的道）。

看我是吃了秤砣，大家也就推心置腹地聊了聊，推荐了甜水园的几家有特色的渠道，对经营思路也提了很多意见。

相见恨晚，巾短情长，大家相约常联系后便挥手作别。

晚上，远在秦皇岛玩耍的发行员培训同学给推荐了另一个朋友，也是开书店的行家，忙约了见面，一个好汉三个帮，这么多热情的朋友，真让我重新对这个堕落的世界又逐渐有了些信心。

2009 年 7 月 9 日

约谈了两家书店管理软件，一家"广智"、一家"益华"，还电话联系了"云因"，并且咨询了一些业内人士，基本感觉"广智"软件还好，下一步是对比这几个的具体功能，并最终选定一个。

下午，《读库》的网友"海客"上门视察，这是第一位《读库》网友来访，高兴！

参观一圈后，相对而坐，一杯清茶，两位读者，三言两语，四海神游。

下午的阳光渐渐西斜，不知不觉中，时间就这么过去了。开书店，求的，不就是这点舒坦吗！

2009 年 7 月 10 日

自从连载书店进展日记，收到无数网友的支持和慰问，其中有一大半是告诫我开书店的风险的，剩下的则都是鼓励的。

其中竟然还有向我请教如何开书店的，天哪，我才正要往门里走，还满脑子问号，哪里敢胡乱指点。

我能做的就是把我知道的全盘奉献出来，而且要提醒也要开书店的朋友，这条路不好走，靠书店赚大钱发大财不太现实，能收获的，只是心灵的慰藉、精神的充实，一大帮朋友，以及坐拥书城的满足。

大家一起努力吧！

2009-07-13 20:40:41

发行员培训的效果立竿见影，班上的同学推荐的开书店的行家，果然是行家，中午聊过之后，我便正式下聘，开始规划格局并设计书架了。

　　明天就要与第一家渠道签约，艺术类的，书目已经选好。

　　下午忽然有朋友上门，都是相识多年的玩户外的战友。刚刚坐定，便又有朋友"不请自来"，其实早就都邀请一遍了，只是都没约好日期，没想到，大家竟心有灵犀般前后赶到，一时呼声不断，热闹非凡，仿佛又回到了那些扎营野外、星光下喝酒的日子里。

　　从今往后，又多了一个据点，希望天天都能高朋满座！

　　（惊闻第三极书局因亏损要搬出大楼，书店呀书店，难道书店真就要消亡了吗，不知我即将开业的小书店能否生存下去？！朋友们的欢笑能否在坐拥书城中继续？！）

2009-07-13　20:41:23

　　一次次逛甜水园，逐渐理出点头绪：

　　几个重点的大社基本有固定的渠道；

　　所谓账期恐怕已是过去的记忆；

　　大家普遍使用"益华"的软件，"广智"评价不高；

　　只在一家看到《读库》；

　　小花絮：

　　1．一家老板一个劲劝我少进书，"慢慢来，现在书不好卖，先进少点"，唉！

　　2．另一家老板为我的预算担心，"很多书店都关门了，你去二手家具市场看看，可以买到便宜的书架"，唉！

　　3．欣慰的是，路对面的庆丰包子铺，沾了书城的气质，等餐的小朋友翻阅着画册，一位老先生桌旁放着一包图书，数了数，一共才7本，却也是"双井字"捆得整整齐齐。

　　4．偷偷翻起一家的流水账本，"野草"赫然在列。

　　5．一位店员拿起常见的那种透明太空杯晃了晃喝水，洒出一些，香甜扑鼻，竟然是咖啡!

　　书与咖啡，的确是绝配!

2009-07-13　20:41:56

　　书架全部设计好了，开始制作!

2009-07-13　21:09:35

　　虽然还没有书，书架还在做，招牌也没有，但门口的泰山石上刻了"彼岸书店"四个大字，于是不断有路人进来看书，只好不断解释。

　　询问的人越多，我心里越着急，恨不得明天就开张，同时也越欣喜，书，还是有人看的，虽然不一定买。

　　书店开张前，凡是来的朋友，我们都准备了一份精致的文化小礼物以示歉意。

　　书店开张以后呢，也有小礼物，哈哈。

2009-07-14　16:48:58

　　发行员资格考试成绩终于出来了：

　　实际操作：93.6 分

　　理论知识：67.5 分

　　综合评定：合格!!!!!!!!

　　我是典型的行动派呀!

2009-07-17 09:50:10

昨晚忙里偷闲，第一次带干儿子看电影，3D 版的《冰河时代 3》，很棒，很有趣。

在此之前，参观了三里屯地下的光合作用书店，因为正在制作书架、进行灯光改造，因此特别留意了光合作用的环境和布局，很棒！和朋友短信沟通，回信曰："要比光合做得更好！"好，一定努力！

在此之前，和店员们探讨了值班制度；

在此之前，和装修工长确定了影音室的隔音、大厅灯光，以及咖啡吧的改造方案；

在此之前，见了防盗门的厂家；

在此之前，看了独立的展示图书的亚克力支架样品；

在此之前，与干儿子的亲爹聊天，计划把这位国家一级建筑设计师的油画作品拿到书店展览；

在此之前，与书架制作厂家协商了书架的改造以及降低成本的方案；

在此之前，安装操作间外的隔板；

在此之前，与妹妹一家，以及建工集团的经理喝茶；

在此之前，跑到对面的翠微百货三楼的餐饮一条街大吃了一盘饺子；

在此之前，到前海西街认识了几位建筑、装修设计师；

在此之前，当然还是悠闲的晨泳；

在此之前，当然还是清晨的模糊的城市的日出。

2009-07-17 19:13:03

小小的办公室搭起了高至屋顶的货架，仓库里的杂物全部清理登记搬了过来。

这个原本两个人的办公空间，要规划出四个人的工位。

空间紧张，可用可不用的东西，就是没用的东西，统统处理掉。

2009-07-18　23:25:12

与干儿子猪猪一起坐地铁，他好静，总喜欢站在门口一边。这回人少，我俩同时有了座。

两人都拿出书来读。猪猪读干妈推荐的《小狗杰西卡》，一个适合8-80岁读的动人故事。

我看的是DL送的《熊秉明美术随笔》，一本好书！

随着地铁的晃动，熊秉明娓娓讲述着罗丹的雕塑和雕塑背后的故事。

可惜，书中没有这些雕塑的照片，不能与文字相互映照。

我理解责编的用心，在这个以"浅阅读"和"读图"为特点的时代，如果有了这些照片，很可能读者翻翻照片就忽视了文字，而这本随笔是需要用心阅读文字才能体会熊老的精髓的。

听说，这本书卖得不好，原本编辑们是寄予了厚望的，可惜。

彼岸书店一定会卖这本书，而且，如果有，我计划在旁边再放上一本罗丹雕塑的图册。

希望有人能够同时看上这两本书。

看书的时候时间总是过得很快，一会就到站了，把猪猪送回亲爹身边，然后大家一起吃饭，俩爸爸陪着一个儿子，嘿嘿！

2009-07-20　19:51:12

一位叫"桂林"的新员工加盟；

库存全部清理、登记，有了新的环境；

全体开会，每位员工赋予新的任务，责权利相统一；

新的制度陆续出台；

茶饮规划了新的价格体系；

约见了 E 商软件，一个与图书界目前使用的管理软件不同的全新的网络商务管理系统；

与书架厂家敲定了几个新的设计；

与新的图书渠道商约定了会面日期；

与旁边新开的一家很不错的山西面馆谈妥了相互推介的意向，以后面馆里会有我们推荐的图书目录。

有面香，也有书香

有书香，还有茶香

有茶香，更有咖啡香

香！！！

2009-07-21　17:27:57

在宁波城市之光书店的老板引荐下，联系了广西师范大学出版社全国总发行部的朋友，一番畅谈，最后他说"祝你好运"，感觉颇有些悲观的味道。

书店的命运，真的只能靠"运气"了吗？

2009-07-23　18:32:03

<u>22 日</u>

没看上日食；

书店的艺术总监爱玲帮忙联系了一批图书，捐献给蒲公英中学；

大厅灯光改造方案基本确定；

门外草坪边缘步道选好了青砖；

下午去中关村考察了一家咖啡馆；

傍晚约了甜水园的渠道商，大家一致为我们未来的生存担忧！

晚上回到家已经很晚，刚洗了澡，就有朋友打来电话，那边音乐震耳欲聋，说你要开书店，这里正好有朋友可以帮上忙，可我已经实在太困了，最近严重缺觉，只好婉言谢绝，休息，休息一下！

23日

一早起来，赶到国贸听课，有关工商、税务、社会保险等等，很有收获；

赶回书店时，已经有N拨人等着我，一团乱转后，终于各安其位，简单吃了一碗饺子后，总算获得片刻宁静，泡了一杯茶，坐在大厅一角发呆；

然后，然后忙了什么我现在有点想不起来了，反正忽然就已经是现在了，补一下这两天的日记然后就回家，今天我要早点回家，不能总是吃凉饭了，不能！

2009-07-24　18:31:17

继续研究书目。

从前，几万块就能开个书店，图书都可以寄销。

如今出版社和渠道商都很谨慎，都要求现款提货，退换货的条件也苛刻了很多。

因此，第一批图书的选择很重要，几乎都是要真金白银的买回来，如果卖不出去就都压在手里了。

看着渠道商发来的数以万计的图书目录，头昏眼花，看书名，好像都不错，又好像都不行。

看来，甜水园这个地方是一定要在现场的，要长时间的、死皮赖脸地在里面，盯着这些图书看。

借我一双慧眼吧！

2009-07-25 22:09:39

现场考察了很多款咖啡机，有德国的、瑞士的、意大利的，也有国产的，基本看中了一台瑞士产的。

又看了众多的咖啡用品，有趣有趣！明天继续考察。

赶回书店，办公室已经装上了第三个货架，由于原来的库房改成了影音间，只好又把办公室改成了仓库，上周搭了两个高到屋顶的货架，立刻就堆满了，只好再加一个，明天可能还会再加一个小一些的，我们已被一圈高高的货物包裹着，这才是真正的 LOFT 嘛，798 的那些根本就精制得变了味道！

其实，建筑学上这可能叫"围合空间"，人在围合空间中，有一种被拥抱、被保护的感觉，可以给人以安静的心情。

这可是当年跑去清华大学建筑学院偷听来的，今儿终于可以显摆一下了，嘿嘿。

整个下午我们都在整理杂物，像一只小动物一样，忙碌而幸福地构筑着自己的小巢。

里面的"知定"包间，几位读书会的朋友正在探讨《刀锋》，悠闲而又认真，舒适得让我嫉妒，开书店原本就是想过这样的生活，可现在，我怎么老觉得自己像个搬家的？！

2009-07-27 15:03:05

26 日

户外草坪上的步道铺好青砖，青砖上有圆孔，圆孔中栽上了一棵一棵的小草，这个"草坪"是可以踩的，因为小草的草根有了青砖的保护。

以后，我们会在窗外小路上设置散座，来往的人们就可以踩在青砖草地上行走，不会因散座的阻挡而去绕路了。

中午去朝阳门看了看咖啡机，小切停在路边却被人刮了一下，还好后来解决了这个小小的纠纷，跑到东南四环修车却弄到了很晚。

27 日

周一当然是最忙的一天。

一早就有《读库》的网友从保定过来参观，还帮忙推荐了甜水园的渠道商。

又是一通畅谈。

送走远道而来的朋友后，与新加盟的小孟一起收拾我们的仓库（也就是办公室）。我们创意性地把小货架的一层降低了一些，这样就成了一个小小的电脑桌，以后我们的整个进销存信息管理系统的主机就放这里了。

这套系统，基本上确定用 E 商软件了。我们将会在书店吧台、咖啡吧台和办公室放置三台电脑，连接成一个小型的局域网，安装 E 商软件三机版。

大厅的灯光全部改造完毕，48 盏暖色工矿灯营造出温馨明亮的氛围，原有的茶馆那种暗香浮动，已被豁然开朗取代，而且竟然有了点舞台的效果。

刚刚，某出版社送来了 900 多本书，又一张支票飘然而去了。

一会我们要召开全员大会（其实也就八九个人），就日常管理、卫生、例会等等问题进行安排。

7 月份眼瞅着就要过去了，我们争取 8 月上旬开始试营业，9 月份正式开张！

2009-07-28 19:28:49

逛甜水园需要巨大的体力和巨多的时间，收获是：终于把其中的一层看出了一点点感觉，幸亏一共只有三层。

甜水园的店员女孩子居多，且都弱小单薄，但是，大包大包的图书却在她们手中上下翻飞，看来，彼岸书店的员工们还要锻炼！

下班之前又赶到 CQ 出版集团，与两位书海前辈聊天，从他们手中接过来一本本好书，抚摸着性感的封面，呼吸着迷人的纸香，嗯。

我摸的不是书，是享受！

2009-07-29 20:57:35

陆续又收到了几家渠道商的书目。

广西师大、三联、商务、人民文学、上海文艺、新星、中信……等等等等，这些大名鼎鼎的出版社们在我这里聚集起来，一个个书名，一位位作者，仿佛都站立在眼前向我微笑，微笑中似乎又含着审视，这是在考验我的眼光和智慧。

统统放马过来吧，看你们往哪里躲藏！

2009-07-31 07:23:27

发现出版社一般都在极好的位置，不是黄金地段，就是景色秀美。

比如今天走访的两家 rm 和 hx，一个傍依杨柳河畔，一个藏身古韵小巷，而且都距离交通要道和枢纽不远，你难以想象就在繁忙和嘈杂旁边，绕过一两个路口，曲径通幽处便忽然耳根清静，书香门第了。

难怪出版社的 MM 们气质都那么与众不同，都是得天独厚的条件里浇灌出来的小花。

开书店的，就惨了，特别是书店的 MM 们，身兼管理员、引导员、讲解员、收银员、茶艺师、咖啡师、营养师、厨师、修理工、清洁工和搬运工。

我们的书店正在招收新员工，如果你具备以上各种本领，或者希望具备以上各种本领，而且能够接受不高的报酬，请和我们联系。

2009-08-02　16:48:02

繁忙的三天

8月，一切将陆续到来
书架
图书
咖啡机
咖啡豆
薰衣草、蓝莓花果茶
阿里山乌龙
DELL 电脑
E 商软件
骨瓷杯子
画
新员工
阳篷
散座
吧
音乐
画廊
当然，还有新朋旧友们
……
8月，处暑秋来！

2009-08-03 20:29:03

一台瑞士原装的银白色的咖啡机

摆在即将成为书店的纯中式的茶馆里面

全体员工新奇地围着

每个人都小心翼翼地学做了一杯 Cappuccino

奶沫还不完美

但香气四溢

飘荡在厚重的陈年普洱的底蕴上

再过几天，还将有图书的墨香

茶香、书香、咖啡香

嗯……

2009-08-06 18:09:31

老纳忙着开书店，病了

浑身上下不舒坦，惨了

回家老婆给煲汤

蒙头发汗睡得香，好了！

赶紧加班追进度

逼着大家紧忙碌

我说……

俺们这旮很多山东人

俺们这旮特产书和茶

俺们这旮盖饭和沙拉

俺们这旮都是纯净水

俺们这旮没有这种人

得点小病哪能不见人

俺们这旮库房有普洱

要是还嫌不迷人

翠花，上咖啡……

2009-08-08　08:46:51

终于构建起书店的薪酬绩效体系，虽然还有不太完善的地方，但基础已经打好！

2009-08-10　00:08:18

成批买书，感觉很棒！

甜水园与牡丹园之间终于建立了一条渠道，并在风声雨声中完成了第一批图书的搬运，开了9年的切诺基，肚子里第一次装了如此多的"墨水"，后桥足足压低了2寸，真真的一次沉甸甸的"文化苦旅"。

明天，书架将全部安装完成，堆积在地上的图书们也将各就各位。

每一本书都等待着一位爱书之人！

2009-08-10　15:19:39

正在安装书架，大厅中立满了高大的身影，仿佛罗马神殿的柱子，徘徊其中，心中有种神圣的感动。

如果你有兴趣见证一个书店的落成，请你今明两天来现场观摩，我们将会为每一位朋友提供一份小礼物和一杯清茶！

2009-08-13 15:28:08

书架顶上陆续装上了暖色的小灯，点亮了一小片空间。

更换了新的 CD，班得瑞《微风山谷》，回荡在仍是空寂的书架间。

2009-08-17 20:14:52

真的开始——忙了！

几乎是在团团转，几天的时间里，一切头绪终于开始汇集到一起：

E 商软件调试通了；

图书已经购买了 4000 多册；

书架全部到位；

防盗门安装好了；

鸡翅原木的大长书桌也摆到了大厅当中；

今晚开始，打开包装，一本本图书终于开始扫码入库。

书店，终于真的开始了！

2009-08-18 18:08:01

今天是 8 月 18 日，周二，良辰吉日。

大家一起把第一批图书郑重地摆放到了书架和书桌上，空荡的大厅中顿时有了生气。

随着图书的种类和颜色的丰富，气氛越来越浓，抚摸着精致的封面，流连在书香当中，还有小野丽莎低低嗓音，如在梦中。

2009-08-19   16:55:00

图书的信息先录入电脑，再一本本上架，忙了三天了，才弄了很少一部分，绝大多数书架还是空空的。

两位朋友刚在佳能交流中心办了个人影展，于是把他们的摄影作品借了过来，就在书店里，就在书架上，布置了一个小小的风光摄影展。

效果极好，今后，摄影展、画展也将会是彼岸书店的一项内容。

也许，还会弄个小拍卖什么的。

书店，为什么不能做的多样而有趣？！

（很巧，两个朋友的影展一个是中国西部风光、一个是美国西部风光。就叫"中美西部风光双人展"吧！）

2009-08-20   19:21:00

员工的培训也逐步开始。

现学现卖，就用在新闻出版署考发行员资格证时的教材。第一步是学习图书的分类，"中图法"虽然有些不太合理的地方，但基本上还是较成体系。

先让两个员工自学，下周看效果。

2009-08-21   23:17:49

心中有梦的你，何时才去行动？！

2009-08-22   18:06:28

真是一个好天气。

筹划采购一些文具、画材。

2009-08-24   18:23:19

下午全体员工的第三次培训，团队精神与服务意识。

2009-08-25   18:20:49

有客户上门购买《枕草子》，联系了所有能联系的渠道，都没有这本书，据说早已售罄，出版社也没有再版的计划。

怎么办？

有豆瓣 er 想转让吗？

2009-08-26   17:33:52

有客户订购了图书，紧急联系出版社，却由于业务员不在北京而无法购买，我恨死了国有出版社不紧不慢的工作态度！

幸亏有"越野 E 族"的"学苑祥子"兄帮忙，不仅帮忙订到了货，还亲自驾驶越野车从南三环跑到北三环送货，感动！

爱书之人原本就志同道合，玩越野的更是英雄相惜，在这两样面前，我们从来都是不惜成本的！

一切只为让顾客及时拿到图书！！

2009-08-27 23:11:22

影音间整理了出来，内部进行了试映，放了黑泽明的《七武士》、歌剧《钟楼怪人》、凯文科斯特纳《天地无限》、《荒野生存》。

效果很棒，再改造一下音响效果。

哦，天哪！

2009-08-30 23:35:18

订购音箱。

重新调整图书的分类和陈列。

聆听了几位出版界前辈的讲座。

认识了众多喜爱图书的朋友。

第 n 次邀请六哥来书店参观。

带"科学松鼠会"成员参观彼岸书店。

考察创意手工文具市场并开始挑选品牌。

规划一石文化以及艺术设计类图书专架。

大学同学聚会。发现了从牡丹园直达甜水园的公车 635 路！

尝试直接联络几个出版社。

在六哥的建议下设计邮购图书的包装。

设计书礼产品包装。尝试订购江湖传言将会被禁的《七十年代》。

约渠道商周一采购。

准备下周员工培训教案。

几位开书店的朋友来参观帮忙。

布置大厅散座。

准备 9 月份的电影播放目录。

重新设计书礼卡。

编写图书推荐目录。

还干了些啥来着……

2009-08-31　19:18:53

一早去 QC 出版集团拜访，顺便帮一名顾客找到了 1979 年版的《第二次握手》；

之后去进货，建筑类、电影类、旅行类、有关台湾和美国研究等等，一共 400 多本，花费 6000 多银子；

中午跑到 QH 大学某学院推销图书寄送服务，顺便蹭饭；

午后继续跑出版社进货；

下午返回书店，终于喝上了水；

之后给全体员工培训，图书分类，"中图法"22 个类目的细分以及简单的图书推销方法，布置下周考试的大致内容；

全体员工学习 E 商软件的前台结算流程；

敲定了北师大一名兼职的大学生；

刚刚在商量书礼卡设计以及有关商标申请的细节。

明天就是 9 月了，书店将于 9 月的某天正式开业！

2009-09-01　18:31:28

通过清华大学出版社联系了一石文化，书店中也专门划出了一个"一石文化专柜"。

此外也收到了清华大学出版社有关建筑的书目。我想把建筑艺术，还有其他各类设计艺术等图书做成彼岸书店的一个特色。

当然，除了艺术类，还有旅行民俗类以及国别研究类，比如有关美国、法国、韩国、英国、印度、日本等等，有关这些国家方方面面的各种书籍。

这三个大类我想逐步重点丰富起来，做成彼岸书店的特色。

2009-09-02　18:17:27

书架、灯光、布线、散座区、影音间……
各环节进入收尾工作，争取本周完工。

2009-09-06　23:00:15

这几天试营业，文艺网友、户外网友、大学同学、读书会读友、品茗茶友，相继前来捧场，喝茶、聊天、看书、听音乐，书店忽然热闹了起来。

书店的分类摆放还不尽合理，还在调整中，而且图书的种类、副本都还不全，也在不断进货。

但，书店在一天天成长，每天都有新变化，就像一个刚刚出生的孩子，脆弱、新奇、健康，并快速成长。

2009-09-08　18:44:32

利用原本茶馆的设施、人员等条件，开始筹划茶艺培训。
初步计划是先准备一些体验课程，针对茶艺爱好者、好奇者、工作压力大的白领、想多一项技能的大学生、想提高生活品质的朋友等等。
课程内容、费用等后续逐步完善。
闭上眼睛想象一下吧：有书，有茶，心静如水，日子随音乐慢慢流淌……

2009-09-10   20:53:58

采购 CD 的时候，发现了许多经典老电影 DVD，勾起一堆的回忆，于是一并买下。有：《七武士》、《正午》、《宾虚》、《上帝创造女人》、《巴黎圣母院》、《美人计》……

还有一些这几年的好片子，一不留神没控制住，也买了。有：《黑暗中的舞者》、《樱桃的滋味》、《随风而逝》、《杯酒人生》……

要说明一下，这些 DVD 包括 CD 都是正版。

俺琢磨，是不是尽快把影音间用上，搞一个经典影片小厅试映活动。

大家的意思呢？

2009-09-13   21:58:48

泡甜水园的较高境界，其实不是在甜水园，而是在甜水园周围的库房，你只有购买了一定数量的图书，才能走入这些库房，而走入这些库房才知道什么叫迷茫，什么叫无从下手。

更高境界呢？！据一位资深图书人讲，是那些藏在北京郊外的巨大书库……

2009-09-13   22:00:19

周六的下午，"科学松鼠会"和"带三本书来聊天"同时在彼岸书店开锣，竟然用光了我们所有的座椅和茶杯，不得已拿出了红木马扎才解决了问题。

旁边"面香"的管理层来开会，自己带来了座椅。

户外圈的朋友来拜访，坐在装图书的积木上。

文化的影响力让我们猝不及防，看来，要再订做些桌椅了。

2009-09-13   22:01:32

早秋的铁观音和武夷岩茶陆续上市，闲逛在马连道的各个茶城中，阵阵茶香相继扑鼻，与几位老友聊聊天品品茶，顺便介绍一下书店的进展，走的时候也顺便带上几包好茶几饼普洱。

书城甜水园，茶城马连道，彼岸书店将它们连接了起来，无聊的京都生活，也就有了些许让人留恋的地方。

2009-09-15   23:17:56

又是周一，上午甜水园，zgqn 出版社，zx 出版社，预订图书；

中午在某胡同吃了很奇怪的新疆炒米粉；

下午赶回书店员工考试：50 本图书分类，限时找书。

傍晚与《读库》网友品茶谈书，库友给提出了很多建议，图书类分不清摆放混乱仍然还是明显的问题。

给些时间，让我们逐步完善。

2009-09-15   23:42:57

仍然是甜水园的采购，《七十年代》竟然脱销，从上周就一直等待，这次仍然空手而还。

在斜对面的庆丰包子铺解决了午餐，赶回书店时正是清静的午后，《微风山谷》舒缓的节奏正好配上一杯崂山绿茶。

可惜，好时光总是稍纵即逝，稍晚与同事讨论书店未来的模式，气氛压抑而忧郁。

to be or not to be，何止是一个"问题"！

2009-09-18　23:07:43

周三中午一场计划外的酒会，搞得我头疼了三天。

2009-09-18　23:10:40

终于抢到了一批《七十年代》，很大一批，这下放心了！

收到了一封网友的豆邮，对书店的经营提了很多意见和不满，仔细想想，还真是实际情况，要改！

2009-09-18　23:26:00

上午，终于从酒精的影响中恢复。赶紧开始整理图书，可能要先暂停几天数量较大的图书采购，专心把图书仔细类分，规划一下空间布局。

下午，E商软件的市场销售总监亲自赶来帮我们解决系统问题，与她认识纯粹偶然，如果不是那么多的偶然，我们这个小企业怎会落入总监法眼。各种功能的演示以及讲解后，终于得出结论，E商很强大！

傍晚，就服务中的问题，给全体员工紧急培训，原有茶馆的服务办法是不适应书店的，而现在又是书店又是茶馆，如何在两种角色中进行切换，是员工们面临的难题。

晚上，最后一场国庆预演竟然使得地铁过国贸站而不停，害得我又转了两次公车才回到家。

明天，又是周末了。

2009-09-20　22:40:30

随意走入甜水园附近的某书库，员工立刻认出你和你的书店，这种感觉真好。

很多书库就在地下室里，经常不见阳光的员工却经常手捧图书在阅读，"一粒沙里看世界"，何况是一本书。

"科学松鼠会"的第二期仍然人满为患，组织者姬十三带着行李箱就来了，讲座一结束直接出发到外地，如此敬业，难怪松鼠们挤满了屋子。

2009-09-20　23:38:10

到什刹海看朋友开的茶社，什刹海总是那么热闹，可惜众多酒吧中难找图书身影，如果一定要找，恐怕要算恭王府门口的常销且畅销的书《和绅秘史》了。

赶回书店时，天色已晚，"周日来读书"小组仍然在热闹地进行，传统经典值得所有人品味，不多的几次参与，已经让我叹服古人的智慧。

2009-09-21　18:41:00

周一下午，全体员工第四次培训。

先考试，25本中外图书的作者、主人公，以及内容简介。

然后是上周布置的图书阅读，每人5分钟讲解一本图书。

最后是看培训录像——细节以及执行力。

2009-09-23　17:56:31

拿到一部汉王的电子书，试用了一下，感觉确实是个不错的产品，电子墨水技术在节电方面以及清晰度方面都是普通液晶不能相比的。

可惜，这个东西还是有很多问题，比如携带并不方便，未来必然是一部手机走天下，这么个较大的东东，可能放不到空间越来越紧张的包包里面了。

此外，除了还不能有声阅读外，大多数手机基本也能实现电子书的功能。节电和清晰度，似乎还无法使得人们舍弃手机而用电子书。

当然，无论如何，这个东东在我心中都比不上真正的纸质图书。

只不过，我们不那么闭塞，谁说电子书与纸质书不能相容呢，实体书店也要与时俱进嘛。现在手上这部，可能就会放在书店用作顾客体验试用了。有想体验体验的，等我们准备好了，就来彼岸书店试一试吧。

2009-09-23　22:13:16

书店会员卡推出了：

预存 300 元即可成为书店会员，会员购书、CD、看电影 88 折，每次消费从 300元中扣除，余额为 0 时需要再次充值 300 元便可继续享受会员资格。

2009-09-25　18:24:00

第三极搬家了。

不过还好，不远，就在熟悉的昊海楼地下，这里也算书店的圣地之一了，汇集了众多爱书之人多年来的读书记忆！

也许这个位置才更加适合第三极书局，希望第三极永远矗立下去！

2009-09-25　18:46:40

一直犹豫是否开辟儿童读书区，经过商议和仔细考虑，决定了，开！

已经设计好空间布局和书架，不久便会与大家见面。

初步计划是摆设很多漫画、科普等等儿童书籍，地面铺设泡沫地毯，孩子们可以随意坐在地上翻阅图书。

这里还会有一些给家长看的教育子女方面的书籍。

2009-09-27　22:25:02

周六总是很忙，书店也渐渐热闹了一些。

周日来读书、"科学松鼠会"比邻开讲，谈笑有鸿儒往来无白丁。

看着书友们谈笑风生、来来往往，这恐怕是全世界开书店的人眼中最幸福的场景了。

2009-09-27　22:31:15

好友蓝彬上周在店里组织了一次品茶的聚会，主题是"漳平水仙"，这周开始第二期"闽北水仙"，有兴趣的朋友可以关注。

蓝彬的计划是每周品尝一种中国的茶叶，想想都让人向往。

2009-09-29　22:56:14

几天以来，安排了全部员工分批走访了京城某些家著名的独立书店。

周一下午的全体培训上，大家在一起讨论了各个书店的优缺点，以及我们能学习、改进的地方。

讨论很热烈，可以说这次集中的走访让大家大开眼界，从一名顾客的角度"窥视"了书店服务中的点点滴滴，也反过来检讨了我们自己的问题。

特此，代表彼岸书店全体员工向这些独立书店表示感谢。

2009-09-29　23:16:02

第一次与中青社结缘，还是 16 年前。

那年，我偶然在书摊上看到了中央电视台的专题节目《黄河》的解说词集。才知道中青社已经把《话说长江》、《话说运河》以及《话说黄河》的解说词分别结集出版了。

那是我青年时代记忆深刻的节目，于是当然想把这三本书都买到。谁知，找遍京城各个书店都没有找到。于是，我骑上自行车，去中国青年出版社！

那时，我刚刚来到北京上学，人生地不熟，在学院路上一家书店翻了翻北京地图，就一路打听着上路了。

记忆中，路好远呀，从学院路到东四十四条，就是现在开车也要好一阵子。那时候年轻气盛，对沿途的风景也很新鲜，除了感觉远，也没有感到累。

好像还路过了一个什么古人的祠堂，记得当时还说下次有空了再去看看。

后来终于在胡同中的出版社买到了《话说长江》、《话说黄河》，扉页上还盖着红色的印章"中国青年出版社样书 1991 年 10 月 5 日出版"。

时光一晃，与图书的这份因缘竟然引导我开了一家书店，明天又要去中青社了，这次仍然是要买书，却不是给自己买，是给书店的顾客买！

2009-09-30　22:32:51

明天就是十一，大多数单位都已经放假，甜水园也是大门紧锁，鹏飞一力位于一楼出口的小库房却热闹非凡，原来是在盘库。

天道酬勤！

大家都放假的时候，鹏飞一力的员工们还在热火朝天的工作，这足以说明他们这几年发展迅速的原因，据说鹏飞一力甚至在京郊租了若干亩地建库房，渠道更是触及到全国的图书市场。

彼岸书店也要学习这种精神。

2009-10-01　22:44:30

今天是你的生日，我的中国！

一个甲子的期待，我们终于看到一个盛世即将来临。

盛世来临时往往伴随文化的兴盛，能在这个时代开一家书店，是我的荣幸。

北京书店地图

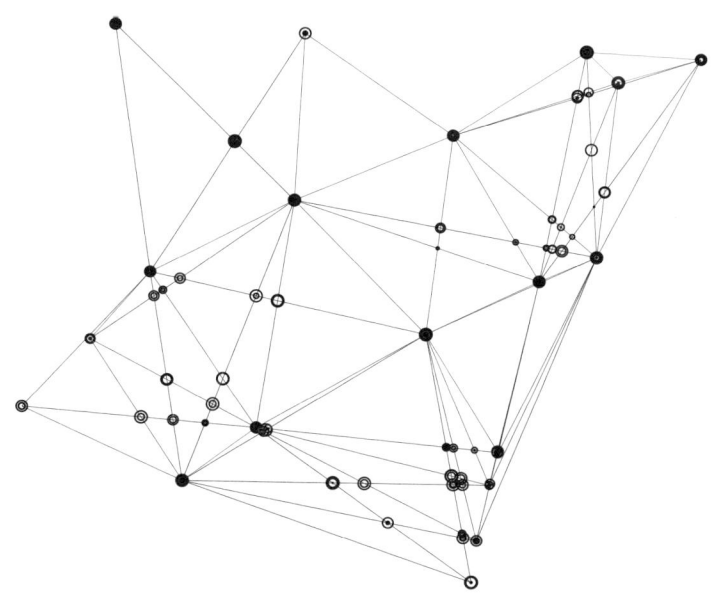

本附录提供北京书店部分名录与地址，以 2015 年上半年为收录节点。如有变动，请以实际情况为准。

获奖书店：

地标书店：

主题书店：

附录　北京书店地图

海淀区	
万圣书园	成府路 123 号北大清华教师 5 号楼
豆瓣书店	成府路 262 号
墨盒子绘本书馆	成府路 288 号
晨光书店	成府路蓝旗营 69 号 2 层
皮卡书屋（蓝旗营店）	蓝旗营教师小区 5 号楼 101 室
博雅堂书店	颐和园路 5 号北京大学 45 甲楼地下
野草书店	颐和园路 5 号北京大学 45 楼甲 B1 楼 5 号
前流书店	水磨新区 3 号
清史书店	清华西路 28 号圆明园南门西侧
三联韬奋书店（五道口店）	清华同方科技大厦 D 座 1 层
彼岸书店	花园路 2 号牡丹科技大厦 1 楼（翠微大厦北侧）
北京外研书店	魏公村西三环北路 2 号北京外国语大学东面
北京电影学院 – 电影书店	西土城路 4 号
彼岸书店（北航柏彦店）	（近北航世宁大厦）
东城区	
生活·读书·新知三联书店（美术馆店）	**美术馆东街 22 号**
人民文学出版社特价书店	交道口东大街 4 号
涵芬楼书店	王府井大街 36 号
戏剧书店	王府井大街 22 号首都剧场内
音乐书店	东安门大街 86 号
北京市图书进出口公司（外文书店）	王府井大街 235 号

西城区	
三味书屋	复兴门内大街 20 号（西单民族宫对面）
24 小时博书屋	**德外大街 87 号德胜国际 E 座 101 单元**
蓝色畅想书店（旗舰店）	德胜门外大街 4 号高等教育出版社 1 楼（近马甸桥）
北京砖读空间	**西四南大街 43 号**
北京百万庄图书大厦	**百万庄大街 22 号院 2 号楼**
中国建筑书店	百万庄北里甲 14 号中国建筑书店
中国军事书店	地安门西大街丙 40
中国社会科学出版社读者服务部	新街口
北京知不足书店	北三环中路 6 号
北京市启迪在线书店	永安路 106 号
朝阳区	
韬奋西文书局	光华路 44 号 2 楼
考古书店	三虎桥南路 17 号北京工业大学留学人员创业园 102A
PAGE ONE 书店（国贸店）	建国门外大街 1 号国贸商城区域 3 B2 层
中信书店（京城店）	新源南路 6 号京城大厦一层
读易洞书房	豆各庄万科青青家园 105−A19
旁观书社	酒仙桥路 2 号大山子 798 艺术园区东街拐角（近爱特咖啡）
PAGE ONE 书店（颐堤港店）	酒仙桥路 18 号颐堤港商业中心 B1 楼 50 号
FABRIANO 书店	三里屯路 19 号
PAGE ONE 书店（三里屯店）	三里屯路（三里屯 Village 对面）

单向空间（大悦城店）	朝阳北路北京朝阳大悦城 5 层
青少年阅读体验大世界	建国门外大街丙 12 号宝钢大厦 3-4 楼
北京图书批发交易市场	甜水园北里 16 号
其他区域	
方庄书店	丰台区蒲方路芳古园一区 28 号楼通润会馆内（近芳群路）
神州书店（蒲方路）	丰台区芳古园一区 29 号楼 B2 号通润商务会馆 2 楼
北京市樊家村新纪元书店	丰台区樊家村张家路口 32 号
文社书店	石景山区古城大街 51-11
尔雅书店	大兴区康庄路 37 号附近
百草园书店	通州区玉带河西街 5 号 2-3
北国风书店	通州区新华东街 298 号
北京国际图书城	通州区台湖产业园区
北京奥春缘书店	通州区宋庄镇南马庄村
北京京阅博文书店	北京市通州梨园镇群芳之园 63 号底墒 311
北京北小营文室源书店	北京市顺义区北小营镇北小营村

新华书店：

东城区	
王府井书店	**王府井大街 218 号**
光明楼新华书店	光明路 9 号
和平里新华书店	和平里 1 区四号楼

新华书店（东单教育书店）	东单北大街 86 号
新华书店（东单医药书店）	东单北大街 104 号
北新桥新华书店	东四北大街 117 号
新华书店（大栅栏书店）	大栅栏街 11 号
新华书店（标准计量书店）	永安路 102 号
新华书店（东单教育书店）	东单北大街 86 号
花市新华书店	西花市大街 134 号
和平街新华书店	和平街十区七号楼

西城区	
北京图书大厦	**西长安街 17 号（西单路口东）**
新街口新华书店	西直门内大街 15 号
新华书店批销中心（北礼士店）	北礼士路 135 号
西四新华书店	西四十字路口西北侧
新华书店（西单科技书店）	西单北大街 176 号（中友百货二层）
地安门新华书店	地安门外大街 156 号
冠英园新华书店	冠英园西区 29 号
新华书店（地安门书店）	地安门外大街 156 号（天意市场旁）
新华书店（德胜门书店）	冰窖口胡同 1–11

海淀区	
中关村图书大厦	北四环西路 68 号（海淀桥西）
新华书店（高等教育店）	学院路 26 号
新华书店（北京大学书店）	颐和园路 5 号（北京大学内）

新华书店（北京大学书店）	北京大学院内
新华书店（永定路医药书店）	永定路十字路口东北角
新华书店（翠微大厦书店）	复兴路路翠微大厦内
新华书店（北京建筑书店）	甘家口增光路 10 号（甘家口大厦内）
新华书店（知春里课本书店）	知春东里 15 号楼
新华书店（万寿路课本书店）	万寿路街道
朝阳区	
新华书店（小庄书店）	朝阳路小庄路口东侧
新华书店（朝阳课本书店）	团结湖路 44 号
新华书店（香河园书店）	西坝河南里 17 号楼
新华书店王府井书店世贸天阶分店	光华路 9 号 1 号楼世贸天阶商业中心 B1–119 铺
劲松新华书店	劲松三区 301 楼（东口）
高家园新华书店	高家园五区 1 号
垡头新华书店	垡头北里 9 号楼
左家庄新华书店	顺源里二号楼
团结湖新华书店	团结湖路北七号楼
管庄新华书店	管庄大院 52 号
新华书店（机场店）	机场生活区燕翔西里 17 号
新华书店（劲松门书店）	劲松五区 523 楼（西口）
新华书店潘家园书店	劲松五区 523 号
其他区域	
新华书店（东高地书店）	丰台区东高地南街 6 号

新华书店（南苑书店）	丰台区南苑镇东头道街 10 米
新华书店（长辛店书店）	丰台区长辛店大街 240 号
新华书店（北大地书店）	丰台区北大地四里 12 楼北单元 12 号
新华书店（新古城书店）	石景山区石景山古城大街 53 号
新华书店（双锦园书店）	石景山区永乐小区 1 号楼
北京市通州新华书店	通州区新华大街 142 号
北京市昌平新华书店	昌平区城区镇西大街 3 号
北京市怀柔新华书店	怀柔区府前街 14 号北京物美（怀柔京北大世界）4 层
北京市顺义新华书店	顺义区石园南区花园路南侧
北京市密云新华书店	密云县鼓楼南大街 2 号
北京市平谷新华书店	平谷镇旧城街 14 号
北京市延庆新华书店	延庆县延庆镇妫水北街 22 号
北京市大兴新华书店	大兴区黄村镇兴丰北大街 75 号
新华书店（河滩书店）	门头区沟河滩
北京市房山新华书店	房山区良乡中路 37 号

中国书店：

中国书店（来薰阁书店）	西城区琉璃厂西街 18 号
中国书店（古籍书店）	西城区琉璃厂西街 34 号
中国书店（前门书店）	西城区前门大街 86 号
中国书店（松筠阁书店）	西城区琉璃厂东街 106 号

中国书店（四宝堂书店）	西城区琉璃厂东街 116 号
中国书店（新街口书店）	西城区西内大街 28 号
中国书店（琉璃厂店）	西城区琉璃厂东街 115 号
中国书店（海淀书店）	海淀图书城 2 号楼
中国书店（中关村书店）	海淀区西大街 23 号 1 号楼
中国书店（灯市口书店）	东城区东四南大街 120 号

字里行间：

字里行间（万寿路店）	海淀区复兴路 51 号凯德晶品购物中心 LG 层 10 号
字里行间（五彩城店）	海淀区上地清河中街 68 号华润五彩城二期 L268 号
字里行间（金源中心店）	海淀区远大路 1 号金源新燕莎购物中心 L4 4115–4116
字里行间（金源童心馆）	海淀区远大路世纪金源购物中心 B1 层
字里行间（慈云寺店）	朝阳区慈云寺北里 209 号远洋未来汇 2 层 08 号
字里行间（三元桥店）	朝阳区三元桥东北角凤凰汇购物中心 B1 层 B115
字里行间（中央美院店）	朝阳区花家地北里 14 号楼北京国际画材中心 1 层
字里行间（蓝色港湾店）	朝阳区朝阳公园路 6 号院蓝色港湾国际商区 1 号楼 L–SM2–K55\57\59 号店铺
字里行间（嘉里中心店）	朝阳区光华路一号嘉里中心商业 B13–B14
字里行间（华贸店）	朝阳区华贸中心 19 号会所三层
字里行间（德胜门店）	西城区德胜门外大街 129 号孔子学院总部 1 层

| 字里行间（金融街店） | 西城区金城坊街 2 号金融街购物中心 B1 层 102–134–1 号商铺 |

雨枫书馆：

雨枫书馆（东单馆）	北京市东城区东单建国路 17 号好苑建国酒店一层东侧
雨枫书馆（万科馆）	北京市昌平南环路悦荟万科广场西侧 6 层
雨枫书馆（清华馆）	北京市海淀区成府路 69 号
雨枫书馆（百盛馆）	北京市西城区复兴门内大街 101 号百盛购物中心北楼六层
雨枫书馆（微艺）	北京市朝阳区花家地南街 14 号北京国际画材中心 401 室

跋

我的书店，我的北京

——写在《北京书店印象》后面

我是南方乡下人，自小学到高中毕业，活动的范围只有离家方圆四五里的地界。初中以前，读过的课外书报极其有限，不过《小溪流》、《少儿报》之类。到了初中，才读到《故事会》，破破烂烂的，在同学的课桌底下传阅。高中也在镇上，镇上有两家租书的店，记得其中主要有港台言情小说、武侠小说，现在想起来，也是盗版的居多。世界名著，那时我没有见过，鲁迅的文章是在课本上读到的。所幸的是，凭着各类诗词和一本《三国演义》，我的语文成绩很好，全市第一。

大学以前我没有读过什么课文以外的书，更不知道世上的书原来有那么多种。镇上还有一家书店，主要销售各类考试辅导材料，我从那里买过一套"走进清华北大"，分数学、语文两册，物理化学合为一册。那是我仅有过的最为高级的课外辅导资料——清华北大自然没有去成，我在湖南本省读了大学。

这是我读书的过去。我的故事不足为奇。去年夏天，因公回到长沙，在河西大学区附近一条街上闲逛，路过几家书店，密密麻麻挤在斜坡上一堆房子之间。书店里卖的，主要仍是教辅书，以及一些学生们余下的旧课本、旧书。我在其中一家淘到几本"湖湘文库"，心里已经十分欢喜了。

也许这便是中国城乡普遍的境况：四处缺书，缺新书，缺好书。

如今我所居住的北京东三环附近，邻着朝阳区文化馆，旁边有家新华书店。有一回和女儿路过，进去看了两个钟头，居然没有买到一本称心的书，倒是女儿在少儿区读得着迷。

北京的书店，也在艰难中零落又生长着。作为中国的政治文化中心，知识分子和作家大概最为繁盛的城市，也许这里的书店也是最多的吧。十年来，我去过无数家书店：

风入松是去过的。2011 年，风入松关张歇业。

三味书屋是去过的。2008 年前后，我在那里听过讲座，见到过"老李夫妇"，也见过哲学教授刘小枫。

单向街书店我是去过的。2007 年左右，在圆明园一角，作家徐晓女士拿出过整套天蓝色的《今天》杂志，在单向街狭长的过道中，和我们说往事。

第三极书店我是去过的。也是在 2007 年前后，我见到在高楼上开始营业，又见它后来关门大吉，人去楼空。据说它当时参照的是台湾著名的诚品书店，上下三四层，书店中的空间很大，恍如超市，读者可读可坐，环境很好。

　　成府路的万圣书园和豆瓣书店，我是去过的。我在路北的万圣买到过数本极廉价的"新世纪万有文库"，三五元一本，书都是 90 年代的。我在路南的豆瓣书店和店主卿松聊过两回天，淘到过《奈瓦尔传》。

　　我见过的布老虎不见了，我见过的字里行间又开了新店。我在帽儿胡同朴道草堂听过章诒和女士讲故事，在世贸天阶的时尚廊书店见过台湾来的龙应台——那时她还不是"文化部长"，为我们讲《目送》来的。

　　事实上，北京的书店业算是发达的，北京的书店太多了。

　　如今我每月总要去两家书店看看，去美术馆东街的生活·读书·新知三联书店买两本杂志，顺道往二楼独自读两篇，看看和我一样的陌生人。而我总想起香港青文书屋的老板罗志华，2008 年，他被自己的书压死在自己的库房里，数天后才为人发现……

　　提了这许多往事，倒有些感怀了，才说起这本小书。

　　2014 年，北京阅读季期间有一项与书店有关的评选。书店大体上分作三类：以西单图书大厦等为代表的大型书店，如万圣书园、单向街这样的小书店、民营书店，以及分散在郊区县的农家书屋。后来主办方有意，要编一本北京书店的书。我作为评选评委之一参与其中，也不知哪里来的胆量，竟和活动协办方中央编译出版社一道，应下了编书的差事。于是绞尽脑汁做书的计划，找作者约稿，做书店访谈。几乎一年下来，拖拖沓沓，书才算成形了。

　　作为编者，我要感谢为本书提供作品、接受过访谈的朋友、师长，他们中有知名作家、知识分子、藏书家、出版家，他们是书媒从业者、书店从业者，他们的名字，都在书前目录内了。而他们，包括我自己，以及因编书之故，与我打过太多交道的中央编译出版社岑红女士，我们都是读书人，是爱书人，我们大概也是传统书店的老顾客吧。

我们和更多不相识的人一起，每天进进出出于北京各条街道、各座楼里的书店，我们为书店的光所吸引，像蚂蚁出入自己的精神巢穴。

有时候我也担心，书店会不会消失？会不会像毛笔一样，从日常书写工作，成为艺术家的笔？有人说会，有人说不会，我想，只有这轰隆隆的时代的列车最后能说得清吧。

愿书店长存。

愿北京的书店更好。

愿更多人有书可读。

严彬

2015 年初冬于北京呼家楼

跋 我的书店，我的北京

黄昏里挂起一盏灯

是谁传下兹行业

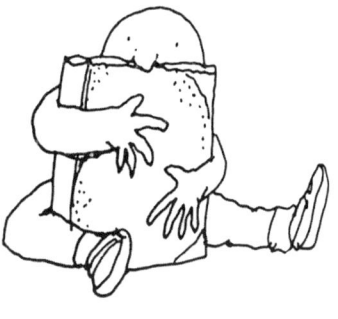